文春文庫

約　束

葉室　麟

文藝春秋

目次

本書は文庫のオリジナル作品です
DTP制作　エヴリ・シンク

約束

明治六年（一八七三）九月――、どんよりとした曇り空の日だった。

風は冷え冷えとして雨もよいである。

東京、内桜田の鍛冶橋、元津山藩邸を役所としている警保寮の門から二人の邏卒《らそつ》（警察官）が出てきた。

この時期、日本の警察は草創期だった。

西郷隆盛は廃藩置県後、薩摩から兵八千を上京させ各藩の反乱に備えるとともに、それまで藩兵が行っていた東京の治安を守るため薩摩から、さらに二千を上京させた。これに他藩出身者一千を合わせた三千が邏卒となったのだ。

親兵となったのは薩摩の城下士（上士）であり、邏卒は郷士出身者だった。

当初、邏卒は東京府に所属していたが明治五年八月、警保寮が設置され司法省直属となった。このころ邏卒のほか、巡査と番人がいた。巡査は制服が無く私服で身分証明のために小型の木札に「警保寮」の焼印を押し、姓名を記したものを持っていた。邏卒は官給だが、巡査と番人は民給だった。これらが統一されて巡査となるのは明治七年一月に「東京警視庁」が誕生して内務省の管轄になってからである。

邏卒は紺ラシャの洋服を着て帽子をかぶり革帯を締め、三尺の警棒を持っていた。

門から出てきた邏卒の一人は痩《や》せて色黒の馬面に八の字髭を生やした三十すぎの島田千五郎という薩摩出身の男だ。もう一人は、若く少年のような顔をしている。

二人は、御堀沿いに、かつての南町奉行所の前を通り数寄屋橋を渡った。

島田が若い邏卒を連れて巡邏するのは、この日が三度目だった。若い邏卒が近ごろ元気がないのが気になっていた。

(鹿児島から出てきて間もなかで、気後れすっとじゃろうが、薩摩者は、幕府を倒して天下を取ったとじゃ、もっと元気を出さにゃいけん)

今日、どこかで若い後輩を説教してやろうと思いながら島田は新両替町の通りに出た。いわゆる銀座通りだ。新両替町一丁目から四丁目までと尾張町一、二丁目、竹川町、出雲町と続く銀座八丁である。俗に銀座と呼ばれるのは幕府が慶長十七年に駿河の銀座を移したからだ。銀座は寛政十二年に、日本橋蛎殻町へ移されたが、通称だけは残っていた。

今の銀座通りは、旧幕府のころとは、すっかり変わっている。

明治五年二月、京橋、銀座から築地の外国人居留地にかけて三千戸が焼ける大火が起きたことを契機に煉瓦造りの街並みが整備されたのだ。大蔵省の、お雇い外国人、ウォートルスの設計による煉瓦建ての建設工事は二年がかりで行われていた。煉瓦街が完成するのは明治七年二月のことである。中村屋、玉寿し、日報社などの二階建ての煉瓦建築が続いている。明治四年に散髪脱刀自由令が出されたことから通行人も洋服に束髪、日傘をさした女性、散切り頭で袴に靴を履いた和洋折衷の男性などがいた。

島田と若い邏卒が歩いていくと、

「ごめんなすって、ごめんなすって」

というかけ声が響いた。鉢巻をした筒袖、股引姿の車夫が人力車を引いて走ってきた。東京で人力車が営業を開始したのは明治三年のことで数年で二万台にまで増えている。人力車は三十すぎの女を乗せていた。車夫は前を行く二頭立て馬車を追い抜こうとした。

馬車の馬が驚くと興奮して前へ走り出した。

人力車の車夫は馬が迫るのにおびえて、つんのめった。客の女が悲鳴をあげた。駅者《ぎょしゃ》は手綱を引いて馬を抑えようとした。馬が足掻《あが》いて倒れそうになった。あわてた駅者は、そのまま馬車を走らせた。そのとき道路を渡ろうとしていた老婆と五、六歳の孫娘らしい二人が馬にぶつかって転んだ。馬車は、そのまま行き過ぎたが老婆は倒れたままだった。孫娘は大声で泣き出した。

「おい、待て――」

若々しい男の声が響いて若い邏卒が三尺の警棒を持って走りだした。島田は、あっけにとられた。若い邏卒は黒塗りの立派な二頭立て馬車に追いつくと馬の轡《くつわ》を押さえた。

「何しやがる」

色黒でいかつい顔の馭者が手綱を持ったまま怒鳴った。

「おはん、気づかなんだのか」

眉が太く目が黒々とした邏卒は警棒で馬車が通りすぎて来た路を指した。

「なんだと」

馭者は後ろを振り向いた。路上では女の子が老婆のそばで泣いていた。

「この馬車が、ひっかけて倒したんじゃ、謝らんか」

「悪いのは前を横切った人力車だぜ。それに、あんた、この馬車に、どなたがお乗りか、わかっているのか」

「たしかに人力車も悪いが子供らをはねたのは、この馬車じゃ。それに、どなたの馬車でも同じことじゃ」

邏卒は馬車の中の人物に視線を移した。馬車の立派さから見て政府高官が乗っているのだろう。馬車の窓から男が顔を出した。山高帽をかぶった洋装の四十代後半の男だった。

彫りの深い西洋人のような顔立ちだ。眼光が炯々《けいけい》としている。

馭者が何か言いかけたが、男は抑えるように伝法な口調で、

「わかったよ、悪かったのは、こっちの方だ」

馬車を降りた男は小柄だが背筋がすっきりとして、元は武士だったことをうかがわせ

る。

男が近づくと老婆は、よろめきながらも立ち上がった。男は、老婆に話しかけて懐から紙入れを取り出し老婆に金を渡した。老婆がひどく驚いたところを見ると、かなりの金だったのだろう。男は、そのまま馬車に引き返してきた。邏卒をちらりと見て、

「とんだ、粗相をしちまった。教えてくれてありがとうよ」

江戸弁のくだけた口調で言った。その上で馬車に乗りながら、

「だけど、お前さん、邏卒にしちゃ若いねえ、確か邏卒は二十歳以上というのが決まりじゃなかったのかい」

「来年には二十歳でございもんで、今は見習いごわす」

「見習いねえ」

男は疑わしげに見たが、

「せっかく顔見知りになったんだ。名前ぐらい教えておくれ」

「警保寮邏卒、益満《ますみつ》市蔵と申します」

「益満？　お前さん、薩摩かい」

益満と名のった邏卒がうなずくと、

「おいら、薩摩の益満って男を知っていたぜ」

「益満休之助《きゅうのすけ》でございますか」

「そうだよ。お前さん、休之助の身内かい」

「ほう、そうかい。おいら、氷川町の勝だ。暇があったら遊びにおいで、休之助の話でもしてやろう」

「遠縁でごわす」

男が言うのを聞いて益満市蔵は、はっとした。男は勝海舟なのだ、と気づいた。幕末、官軍が江戸に迫ったとき薩摩の西郷隆盛と単身、交渉して無血開城した勝安房守《あわのかみ》義邦、号して海舟は今では明治新政府の海軍大輔《たゆう》になっている。市蔵は敬礼したが、そのときに車中にもう一人いることに気づいた。それも十六、七の束髪にした若い娘だった。矢絣《やがすり》の着物姿で色白の娘は外をのぞくようにして市蔵を見ると、にっこりした。

そして、なぜか白い指を二本立てて見せた。

海舟は娘の仕種を怪訝な顔をして見ると顔をめぐらして市蔵を振り向いた。市蔵は娘に笑いかけようとしたが、あわてて顔を引き締めて敬礼を続けた。

馬車が走り去ると市蔵は、ため息をついた。市蔵は馬車の娘を知っているようだ。市蔵が考え込んでいると、どたどたと靴音を立てて島田が駆け寄ってきた。

「益満、馬車には、どなたが乗っておったんじゃ」

「勝海軍大輔でごわした」

「なんじゃ、旧幕臣の勝か」

島田は、ほっとした表情になった。薩摩の者にとって高官といっても旧幕臣は怖い存在ではない。そのとき、馬車の前に飛び出したものの馬の勢いにおびえて道ばたに止まっていた人力車から女が降りてきた。一部始終を傍らで見ていたようだ。

女は島田に頭を下げると、

「先ほどの、この方のなされようは立派でした。もとはと言えば、わたしの車が、馬車を抜こうとしたために起きたことです。おわびしなければならないのは、こちらの方ですから、お叱りにはならないでくださいまし」

黒々とした髪を丸髷に結い藍微塵《あいみじん》の着物、黒繻子《くろじゅす》の帯をしている。

顔は小さく顎がほっそりとして、きれいな眉の下の目は黒目がちだ。

島田は、余計なことを言うな、と怒鳴ろうとしたが、女の顔を見て、はっとした。

女は、にこやかに会釈すると車夫をうながして、そのまま人力車に乗って去っていった。

「あの女は何者ごわすか」

市蔵が人力車を見送りながら言った。市蔵には、なぜか、今の女がひどく懐かしい気がしていた。

「おゆう様じゃ」

島田は、ぼう然として言ったが、あわてて口を押さえた。お前の知ったことではない、と再び叱りつけた。市蔵は、気にかける様子も無く、

「島田さァ、勝海軍卿は休之助さァのことを話してやろう、とおっしゃいましたが」

「それは、そうじゃろう。勝の江戸無血開城の功績も休之助どんがおったればこそじ

や」

益満休之助は幕末に薩摩の秘密工作員として活動し江戸で御用盗騒ぎを起した。

幕府が鳥羽伏見の戦いを起したのは、江戸で御用盗騒ぎに苛立って薩摩屋敷を焼き討ちして退くに退かれなくなったためだ。また官軍の江戸攻めの際には御用盗騒ぎで役人に追われた休之助を匿《かくま》ってくれていた勝の依頼で、薩摩の陣営まで幕臣の山岡鉄太郎（鉄舟）を案内した。勝と西郷の会談が実現したのは山岡が敵中を突破して使者になったからであり、山岡が薩摩の陣営を通ることができたのは休之助が案内役を務めたからだ。

益満の工作員としての活躍は際立っていたが戊辰戦争の最中に行方不明になった。戦闘で死亡したとも益満を憎む旧幕臣に暗殺されたのではないか、とも言われていた。

市蔵は十七だったが大警視の川路利良《かわじとしよし》が益満の一族だとして邏卒に特別採用したのだ。

「勝様は今度、氷川町の屋敷に遊びに来いと言われたとですが、かまわんでしょうか」

市蔵は、うかがうように島田を見た。

「そや、かまわんじゃろ。じゃっどん、おはんには川路大警視が特別任務を与えるちゅうことじゃったぞ」

「特別の任務？」

市蔵は、とまどった。川路は六人いる邏卒総長の一人だが、今月、欧州への出張から帰国したばかりで将来の警察を担っていく人物と目されている。

市蔵を警保寮に入れてくれた恩人でもある以上、その命令は絶対だった。

（誰を警護することになるのだろう。他の三人と会えなくなると困るな）

市蔵は島田の後をついて行きながら考えていた。

実は、市蔵には秘密があった。市蔵は、この時代の人間ではなかった。いや、正確に言えば益満市蔵は、この時代の人間だ。しかし、その意識は平成の高校生だった。高校生の名は加納浩太《かのうこうた》という。浩太は、この世界に来て一週間になる。

一人で来たのではない。他に三人いた。

都立高校三年　加納浩太
私立草城高校三年　志野舜《しのしゅん》
都立高校二年　神代冬実《かみしろふゆみ》
私立草城高校中退　柳井美樹《やないみき》

この四人が、明治の日本に紛れ込んでいた。

一

――こうた、こうた、浩太

浩太は暗闇の中で誰かに呼ばれた。額に何か冷たいものが置かれた。

（ひんやりとして気持がいい――）

浩太は、うっすらと目を開けた。

「気がついたか？」

若い男の声がした。舜だ、と思って浩太は目を開いた。

「よかった、浩太が目を覚ました」

志野舜は後ろを振り向いていった。そう、よかった、と二人の女の声がした。

目を開けた浩太は舜を見て驚いた。舜は髪を長く伸ばし七三に分けている。しかも白絣の着物で、その下にボタンのついたシャツを着て袴をはいていた。

浩太と志野舜とは中学時代からの親友だ。高校は別になったが、浩太の家の剣道場で剣道を一緒に稽古してきた。浩太の家は翠明館という明治のころからの剣道場で、父の謙司は警視庁の捜査一課長だが休日には道場で指導を続けていた。

高校の剣道部に入った浩太と舜は、それぞれ実力を発揮して主将を務め都大会の個人戦では決勝で顔を合わせるライバルでもあった。

「なんだ、その格好は、仮装大会にでも出るのか」

浩太は体を起こしながら言った。言いながら変な気がした。夢の中にでもいるような感じだ。背中が痛かった。この痛みがなければ夢を見ているのだ、と思ったに違いない。

自分が着ている服に気づいた。紺の学生服に似た制服で金ボタンがついている。

（どこの制服だろう）

「邏卒の制服なんだ」

舜がため息をつくようにいった。

「ラソツって何だ」

浩太は、思わず大きな声を出した。舜は、浩太の口を手で押さえた。そして、まわりをうかがうように見た。浩太も、まわりを見て目を瞠った。見たこともない畳敷きの和室だった。旅館だろうか、と思った。掛け軸がかかり花が活けられた床の間、黒光りする違い棚、松竹梅が彫られた欄間《らんま》が見えた。室内は薄暗い。電気の照明がなかった。障子を透かして、ほの明るい光が差し込んでいるだけだった。かすかに香の匂いがした。

「どこなんだ、ここは？」

「どこかよりも、いつなのかを訊いたほうがいいぞ」

舜は真剣な表情で浩太を見た。何か重大なことを言いそうな顔をしていた。

「いつって、九月二十三日じゃーないのか？」

浩太は、きょうの日付けを思い出して言ったが途中から自信が無くなった。

「雷が落ちた日から三日たっているから九月二十六日らしい、ただし百二十年以上前だ」

「えっ、何を言っているんだ」

「だから明治時代なんだ」

「明治？」

「正確に言うと一八七三年、明治六年らしい」

「なに言ってんだよ、お前、おかしいぞ」

浩太は、笑い出した。

「笑っていられるのも今の内だ、もうじき、迎えが来てばらばらになる」

「迎え？」

「ああ、僕らは、みんなこの時代の人間でもあるんだ」

舜は後ろを振り向いた。そこには二人の女が座っていた。二人とも着物姿で日本髪を結っている。一人は絣の着物、もう一人は絹の白地に細かい模様が入った着物だ。

浩太は、二人の顔をまじまじと見た。絣の着物を着ているのは、浩太も一度だけ会ったことのある柳井美樹だった。舜と同じ高校の女の子で舜とつき合っているはずだ。ところが数ヶ月前に突然、退学して行方がわからなくなっていた。

その美樹が、どうして、ここにいるのか。浩太は、頭痛がした。

――思い出さなければいけない、ことがある
頭の中で誰かの声がした。

誰だ、浩太は思わず、まわりを見た。しかし、三人のほかには誰もいない。

「誰かの声がするだろう」

舜がのぞきこんで言った。浩太がうなずくと、

「僕も同じだ、その声を聞いていたら、だんだん、わかってきた」

「浩ちゃん、わたしも同じなの」

絹の着物を着ている女が言った。神代冬実だった。冬実は浩太の叔母の娘、つまり従妹だ。

「いいか、浩太。僕たちは学校から家に戻る途中、ばったり会って話しながら歩いていた。ところが交差点で信号待ちをしている時に何があったか覚えているか」

浩太は、あっと思った。浩太が病院に診察を受けに行くという冬実と連れ立って帰っていると、舜と柳井美樹がバス停の前で話しているのが見えた。舜は制服のブレザー姿だったが美樹は革ジャンにジーパンという格好で金髪に染めていた。最初は美樹だとわからなかったが、近づいて驚いた。舜の高校は有名な進学校で、美樹も成績のいい優等生で将来は医者をめざしていたからだ。その美樹が数ヶ月前に突然、退学し行方がわからなくなったことは舜から聞いていた。二人は、何か言い争っているようにも見えた。

浩太と冬実が近づいて声をかけると舜は片手を上げて応じた。

「舜、どうしたんだ」

「いや、そこで美樹と会ったものだから」

舜が説明しようとした時、交差点の信号が変わった。

それから――

――**刺客が襲った**
頭の中でまた声がしたが、浩太には、その意味がわからなかった。

浩太が覚えているのは突然、空が白く光ったことと、地面に叩きつけられたことだけだ。

「あの時、僕らは雷に撃たれた。浩太は三日間意識を失っていたが、僕は二日早く意識が戻った。だけど気がついたら、こんな格好だった。今の浩太と同じで何がなんだかわからなかった。二日たってわかったのは、僕らは、意識だけはもとのままだけど体はこの時代の人間だということだ」

舜は冷静に説明した。

「なんだって」

浩太は頭が混乱して理解できなかった。

「つまりな、僕たちは落雷のショックで時代を越えてタイムスリップしたんだと思う。だけど時代を越えたのは僕たちの意識だけだ」

「意識だけ？」

「そうとしか思えない。浩太も間も無く感じると思うけどな」

「何を」

「この体の記憶」

「まさか――」

「いや、変な感じだけど僕は、もうはっきりと、この体の記憶がある。この時代の僕の名前は芳賀《はが》慎伍《しんご》。しかし意識は志野舜なんだ」

「そんなバカな」

浩太は頭を振った。舜の後ろにいた美樹が口を開いた。

「まるで取替え子みたいだって舜君と話したの」

「取替え子？」

「わたし、高校の英会話サークルだったでしょう。サークル活動でイギリスの民話なんかも読んだことがあるんだ。英語ではチェンジリング。イギリスの昔話にあるわ。夜中にいたずらな妖精が忍び込んで赤ん坊を別な子に取り替えてしまう。親が、朝起きて見ると赤ん坊が見も知らない醜い子に変わっていてびっくりするという話だわ」

「それじゃ、俺たちも取り替えられたっていうのか」

「この時代でもわたしたちと同じように雷に撃たれた人達がいたのよ」

「ウソだろう」

「時空って、重なりあっているってSFで読んだことがある。時空間がショートして意識がずれ込んだみたいなことじゃないかな。この時代の人達の意識は回復しないで、わたしたちの意識が入り込んだのよ」

美樹は冷静な口調で言った。

「じゃあ、俺たちって何なんだ」

「明治の人間と平成の人間がダブってる。でも、気持は、あくまで加納浩太や柳井美樹のままってわけ」

「信じられないな、そんなこと」

舜が膝を乗り出した。

「浩太の意識が戻るまで三人で話し合って出した結論なんだ。何のために、そうなったのかは誰にもわからない。ともかく僕たちは日本橋の相模屋という呉服屋の前で雷に撃たれて奥に運び込まれて手当てを受けた。相模屋が親切にしてくれたのは、僕たちが明治政府の高官に仕えていたり、関わりがあるからだ。そんなことは、僕たちの中から聞こえる声が教えてくれる」

「じゃあ、俺は、この時代の誰なんだ」

「浩太は邏卒、つまり、この時代の警官だけど、名前は益満市蔵というらしい」

「ますみついちぞう、か、変な名だな」

浩太はつぶやきながら、ふとどこかで聞いた名前だという気がした。以前から知っていたような不思議な感じがする。

「大警視、川路利良の書生あがりということだけど、それ以上のことはわからん。自分で思い出してくれ」

「思い出せって言っても俺は知らないぞ」

「僕たちは知らなくても頭には記憶が残っている。細かなことはわからなくても、頭の中の声が、教えてくれるから大丈夫だ」

舜の言うことが、今一つわからなくて浩太は首をひねった。

「わたし、ご飯作れないけど、どうしたらいいの」

冬実が不安そうにつぶやいた。美樹が冬実の肩を抱いて、

「だいじょうぶよ、わたしたちはできなくても、この体の人はできるんだから」

「冬実がいる家の政府高官って誰なんだ」

浩太に訊かれて舜は、にやりと笑った。

「勝海舟――」

「えっ、勝海舟って有名人じゃん。だけど徳川幕府の人じゃなかったっけ？」

「今は明治政府に仕えていて海軍大輔とかいう役職らしい。僕も日本史は特に詳しくないけど、勝海舟が明治維新後に新政府に仕えたことぐらいは知ってる」

「わたしも日本史だめなんだけど」

冬実が小さい声で言った。

「じゃ、あっちの世界の総理大臣、新しい順番に五人言えるか」

舜が訊くと冬実は、顔を赤くして頭を振った。

「その時代の政治なんて、みんな詳しくないのがあたり前だ。選挙も無い時代だから何も知らなくてもおかしくないよ。それより、約束をしよう」

「約束？」

浩太は舜の顔を見た。

「皆で力を合わせて、あっちの時代に戻る約束だ。そうしないと、この時代に埋もれてしまって元の僕たちの体に意識が戻らないということになるかもしれない」

「意識が戻らなかったら、向こうのわたしたちは、どうなるの」

冬実が不安そうに訊いた。

「その時は死んだということだろう」

舜が、厳しい顔で言った。浩太は、どきりとした。冬実は涙ぐんで唇を噛んだ。美樹だけが冷静な顔をしていた。やがて浩太が、ゆっくりと右手を皆の前に差し出した。

「約束だ。きっと戻る、そのために助け合おう」

「よし、約束だ」

舜が浩太の手の上に手を重ねた。その上に冬実が、おずおずと手を重ねた。美樹も、ゆっくりとその上に手を置いた。

四人は、同時に、

——約束だ
という声を頭の中で聞いていた。その声は男と女四人の声だった。浩太は、自分たちの傍らに別な四人がいるような気がした。

障子が開いて、廊下に座った男が、

「お迎えが、参りましたよ」

と声をかけた。浩太は廊下に座った男を見て、初めて舜が言っていることが実感としてわかった。男は丸顔の太った老人で茶の着物に同じ色の羽織を着ている。頭がはげているのかと思ったが、後頭部に白髪の小さな髷がちょこんとのっていた。浩太たちはこの相模屋伝兵衛という老人に連れられて店の表へと行った。

天井や鴨居《かもい》が低く、浩太は首をすくめて通らなければならなかった。

店の帳場では使用人たちが忙しそうに働いていた。しかし、誰も無駄口を利かずに静かなのは土間に大警視の制服を着て帽子をかぶった背の高い男がいたからだ。

男は目が大きく鼻の下に髭を生やしている。

浩太は、その男を見た時、自然に直立不動の姿勢になって頭を下げた。

「申し訳ございません、大警視に、わざわざお出でいただきもして」

浩太は、相手を見て川路利良大警視だとすぐにわかったことで、ほっとした。鹿児島弁らしい言葉も自然に出た。

（舜の言う通りだ、これなら大丈夫かもしれない）

川路は理知的な目を光らせて、にこりと笑った。

「落雷にあって命拾いすっとは運のよかことであった。おはんに死なれりゃ、故郷の親類に顔向けできんことになった」

川路に言われて浩太は益満市蔵が川路を頼って数ヶ月前に鹿児島の指宿《いぶすき》から上京してきたばかりだと思い出した。

——おいには、やらねばならんことがある
頭の中の声が囁《ささや》いた。

（なんだ、やらなければならないことって）

浩太は胸の中でつぶやいた。

川路は、舜たちをちらりと見ると、

「それぞれ、表におる邏卒に付き添わせて屋敷まで送らせるから安心すっがよか」

「僕は、一人で大丈夫ですが」

舜は一歩前に出て言った。浩太は舜が日ごろと違う低い声なのに驚いた。

（やっぱり別人の体の中に俺たちはいるんだ）

川路は鋭い目で舜を、じろりと見て、

「おはんは、江藤司法卿の書生の芳賀慎伍ちゅうたかのう、邏卒の役目は人民の安全を守ることにある。わしが役目によって、すっことに口出しは許さん」

と厳しい口調で言った。店の外にいた邏卒たちを呼ぶと、浩太たちを一人ずつ送らせた。

　浩太と舜、美樹、冬実は、別れ際に顔を見合わせたが、何も言わないまま店を出て行った。四人を見送った川路が振り向くと伝兵衛が土間に下りて傍に寄ってきた。

「どうじゃ、あの者たち、何か気づいた様子はあったか」

　川路はそっぽを向いたまま言った。

「いいえ、あの芳賀という書生さんは、なかなか頭のいい方でしたが、雷に頭を撃たれたせいでしょうな、今年が何年かとか、今の政府のお偉い方はどなたかとか、奇妙なことを訊かれるだけで、あのことには何も気づかれませんでした。他の人たちは、まだ、ぼうっとなっているだけでして」

「では、雷に撃たれたのは、自分たち四人だけだと思っているのだな」

「はい、さようで」

「そいでよか、何事もなかったとじゃ。そうでなけりゃならん」

　川路は、自分に言い聞かせるように言うと伝兵衛をちらりと見て、

「おはんも、たった今、すべてを忘るっとがよか。明治の御代でなけりゃ、口ふさぎに殺されるところじゃっど」

　伝兵衛はどきりとした顔で頭を下げた。

「さて、益満と女二人はともかく、あの芳賀ちゅう書生がやっかいそうじゃ」

川路は、背を向けて店を出て行った。伝兵衛は、川路の後ろ姿を青ざめて見送った。

(あの日から、なんとか無事に、この世界で生きてきたんだけどな)

浩太は、島田とともに銀座通りからさらに八丁堀へと巡邏して警保寮に戻りながら胸の中でつぶやいていた。益満市蔵としての記憶は、しだいにしっかりしてきていた。

――おいは益満市蔵じゃ

頭の中の声は、何度も繰り返した。気をつけないと加納浩太であることを忘れて、益満市蔵に飲み込まれてしまいそうで怖かった。

それにしても冬実とあんなところで顔を合わせるとは思わなかった。

(勝海舟と同じ馬車に乗っていたところを見ると冬実はうまくやっているんだ)

と思って、少し安心した。

勝海舟を訪ねていけば冬実に会えるだろう。元は大名屋敷だった警保寮に戻ると川路の部屋に呼び出された。川路は、袖に金筋がついた大警視の制服を着ている。

「おはん、きょうから、特別なお役目がごわんで。さる人を警護してもらう」

「どなたでございもすか」

「それは、行ってみればわかるこっじゃ」

川路は島田を呼んで浩太を連れていくように命じた。制服をぬぎ、袴姿に着替えた浩太は島田に付き添われて警保寮を出た。島田は、無言で歩いていく。

「島田さァ、どこへ参るのですか」

「おはんは、黙ってついてくればよか。ところで、おはん、益満休之助どんの隠し子という噂があるが、まことか」

島田は、ちらりと浩太を見て言った。その目に、なぜかおびえる色があった。

「いえ、違いもす。わたしの母は休之助さァの従姉妹だそうでございもす、わたしの小さいころに休之助さァは、よく可愛がってくれたと聞いておりもす」

そうか、と島田は、うなずいた。どこか、ほっとした表情だった。

益満市蔵の記憶が、なぜか父親のことでは、もやがかかったように鮮明でないのが不思議だった。休之助らしい侍のことはぼんやりとした記憶があるのだが。やがて、二人が着いたのは渋谷金王町の大きな屋敷だった。

(どこだろう、青山学院の近くだろうか)

まわりを見渡して浩太は思った。浩太は屋敷の門の前に立つと島田に、

「ここは、どなたのお屋敷でしょうか」

と訊いた。ここも旧大名屋敷なのだろう。広大な敷地の屋敷だった。

「西郷陸軍大輔のお屋敷じゃ」

「えっ、西郷隆盛ですか」

浩太は西郷と聞いて上野の西郷隆盛の銅像を思い浮かべた。島田は、浩太の頭をぽかりと拳骨で叩いた。

「馬鹿者、お前の言うておるのは西郷陸軍大将のことじゃろ、ここは弟の従道《つぐみち》さァの屋敷じゃ」

（西郷さんには、弟がいたのか）

鹿児島出身の益満市蔵が郷土の英雄、西郷隆盛の弟を知らないわけはないから記憶はまだらになっているようだ。島田とともに浩太は勝手口から屋敷の中に入った。

書生らしい若い男が二人を中庭に案内した。縁側に三十歳ぐらいの洋服を着た男が立っていた。黒く湿ったような口髭を生やし背がすらりとして目がきれいな男だった。

「お前《まん》さァが益満か」

男は、にこりとして言った。

「ハイ」

浩太は、上ずった声で答えた。男は西郷従道だった。

「川路どんには言うておいたが、お前さァには、離れ座敷の人の面倒ばみてもらいたか」

浩太は、なんの事かわからず島田の顔を見た。

「そいじゃ、益満が先生につくとでごわすか」

島田は驚いて言った。

「益満だけやなかで心配はせんでよか。古か者では、いろいろややこしか事も多か、そいで若か者がよかち思うてな」

従道は苦笑した。島田は浩太の顔を見て、

（先生の傍におられるとは、うらやましかことじゃ）

と思ったが、何も言わなかった。浩太は島田が帰った後、書生の一人に離れ座敷に連れていかれた。離れ座敷に入った浩太は、ぎょっとなった。座敷の真中に達磨《だるま》のようなものがあった。掛け布団を体にまきつけて大男が座っていた。坊主頭で眉が太く、その下で大きな目が黒ダイヤのように光っている。鼻が太く口もとがひきしまって、あごがはっていた。会ったばかりの西郷従道に似ていたが、肌の色は、やや土気色をしている。内臓でも悪いのかもしれない。

（もしかすると、この人が西郷隆盛？）

浩太は、ごくりとつばを飲み込んだ。大男は浩太の方を見もせずに縁側に向って、

「ぎんさァ、単衣《ひとえ》は乾きもしたか」

と大声で言った。はぁーい、と若い女の声が応えた。薩摩絣の着物を持った女が庭先から縁側に駆け寄って来た。女を見て浩太は、はっとした。

「美樹――」

思わず呼びかけていた。屋敷の女中らしい女は一週間前に別れた柳井美樹だった。

美樹は、驚いたようだったが、すぐに口の前に指を立てて内緒だ、という仕種をした。

大男は浩太を振り向くとにこりと笑った。

「おはん、ぎんさァの知り合いか」

と、よく響く声で言った。浩太は、大男に見つめられると、なぜか足がしびれたようになって畳の上に座り込んで頭を下げていた。浩太を連れて来た書生が、

「邏卒の益満市蔵です、川路大警視の命で、きょうから身辺警護の任につくということです」

　と浩太も知らないことを言った。

「正之進どんも気を使うのう」

大男は、そういいながら、布団をまとったまま縁側に歩いて行った。

正之進とは川路大警視のことらしい。大男は美樹から着物を受け取って振り向くと、

「おはん、益満休之助の縁者か」

と訊いた。この世界の人は、皆、益満休之助のことを気にする、と思いながら浩太は、

「遠縁でごわす」

と答えた。実際、益満市蔵にも、それ以上の知識はないのだ。西郷は、黒々とした目で浩太を見たが何も言わずに着替えを始めた。着替える時に大男の右ひじの古傷と見事な太鼓腹、六尺の下帯をつけた下腹部が見えた。浩太が目を瞠ったのは六尺帯の下が巨大に膨らんでいたからだ。

「おはん、あんまり見ちゃなりもはんど。わしの睾丸《こうがん》が大きいのは、昔、奄美大島に島流しにされたときに風土病にかかったためじゃっで」

大男――西郷隆盛は浩太の顔を見て、にやりと笑った。その時、不意に、

――こん人は仇じゃ
浩太の頭に声が響いた。
(益満市蔵は、西郷隆盛を憎悪している)
浩太は、意外なことを知った。

浩太は西郷従道の屋敷で書生として暮らすようになった。従道の兄の西郷隆盛は近ごろ健康に不安があった。このため西郷は男所帯の日本橋小網町の屋敷を出て弟の屋敷に居候しているということだった。西郷は外出することはほとんどなく、浩太も屋敷で暇を持て余して薪割りなどを手伝った。そんな時、ぎん、と呼ばれている美樹と話すことができた。

ぎんは西郷従道の妻、清子の実家、得能《とくのう》家の遠縁の娘で東京へ行儀見習いに来ているのだという。

「だから、わたしのこの時代での名前は得能ぎんなの」

なぜか、うれしそうに美樹は言った。浩太は、時々、益満市蔵の声が頭の中でする、と話した。

「わたしは、そんなことはないわ。たぶん、わたしが得能ぎんであることに満足しているから、二人が、ぴったり重なっているんだ、と思う」

それでは、俺は益満市蔵に満足していないのだろうか、と浩太は思った。

いや、それよりも益満市蔵が浩太に満足していないのかもしれない。市蔵には何か目的があったが、それを浩太が邪魔しているのではないだろうか。美樹は、屋敷の裏手の井戸から水を汲みながら、

「西郷さんって、本当におかしいんだよ。いつも冗談ばっかり言って」

と笑いながら話した。すっかり、この時代になじんでいるようだ。

西郷も美樹にとってはおかしなオジサンでしかない。浩太は、西郷に不気味な精悍さを感じたが女の目は違うらしい。

「だけど、わたしね――」

美樹が、ふと仕事の手を止めた。

「どうしたんだ」

浩太は鉈《なた》で薪を割りながら訊いた。薩摩は男尊女卑で、若い男と女が親しく話したりすると見咎《みとが》められるので、仕事をしながら話すしかない。

「高校を中退した理由を舜君にも話してなかったけど、わたしのお父さん、商売に失敗して借金背負ったんだ。それで店も借金のかたに取られてしまって」

美樹は意外な話を始めた。浩太は真剣な顔になって、うなずいた。

「大変だったんだ」

「それだけじゃないよ、親二人が金策に駆けずりまわっていて、わたしが一人で家にいた時、若い男の取り立て屋が来てね。親がいないって、わたしが言ったら、いきなり家

に上がりこんできた。わたしは、乱暴されたんだ」

「えっ」

浩太は驚いて美樹の顔を見た。乱暴されたとはレイプされたということだろうか。

「その男が出ていこうとした時、ナイフで男の背中を刺してやった」

美樹は暗い目をして言った。

「それで、そいつは、どうしたんだ」

浩太は、眉をひそめた。

「わからない、わたし、そのまま家を飛び出したから。でも、刺した男のことは新聞にも出なかったから、たいした怪我じゃなかったんだろう、と思う」

そうか、とつぶやいて浩太は黙った。

「だから、わたし、舜君たちとの約束守れないかもしれないよ」

「どうして」

「だって、あっちの世界に戻ったら、すぐに、あの取り立て屋が押しかけてくるよ。そして、逃げまわらなきゃいけなくなるわ。それより、この世界にいた方が安心かもしれない。それに、得能ぎんは乱暴されたりしていないのよ」

浩太は、何も言えずに薪を割り続けた。美樹は薪を割る浩太を見ていたが、

「わたし、舜君には、こんな事、話せなかった。浩太君には、どうして話せたんだろう」

とつぶやいた。

この日、西郷隆盛は書生の児玉勇次郎を連れて外出していた。鉄砲を持っていったところを見ると鳥でも撃つつもりなのだろう。西郷が留守の間に川路が訪ねて来て奥の座敷で従道と話していた。

「そいじゃ、この間のことは、どこへも洩れておらんのですな」

隆盛によく似た目を光らせて従道が訊いた。

「はい、四人の者たちは、何も覚えておりませんし、相模屋の者たちにも口止めをしておりますから」

「そいで、よかった。今、世間に知れたら、またえらい騒ぎになる」

従道は、顔色を曇らせた。

「左様です。今、あのお方がおらんごとなったら、日本は立ち行きもはん」

川路も心配気にうなずいた。二人が、憂鬱そうにしているのは、この明治六年、政界は、一つの外交問題をめぐって大揺れに揺れていたからだ。

——征韓論である。

「難しか時期じゃ、どげんするかのう」

「あのお方には、静養ば、いましばらく続けていただくごとお願いしもうした」

「おお、そいがよか、兄さァとあん人ば争わせちゃならんど」

従道は目を光らせて言った。そして、

「そいどん、あの益満じゃが――」

「あの者を西郷先生のそばにつけておけば桐野《きりの》を牽制できるかもしれもはん」

「そいじゃ、益満市蔵は休之助どんのことを知っちょるのか」

「いや、そうじゃありもはんが、桐野も益満の名を聞けば用心して動きが鈍りもそ」

川路は確信ありげにうなずいた。


そのころ飯田町の司法卿、江藤新平の屋敷では、江藤と書生たちがテーブルを囲み、ステーキを食べワインを飲みながら談笑していた。

その中に舜もいた。

江藤は、幕末まで九州、佐賀藩の下級武士だった。明治時代の評論家、徳富蘇峰《とくとみそほう》は江藤新平を「彼は本来のラジカルである」と評し「彼が論理的の頭脳と、彼が峻厳なる気象と、而して鋭利なる手腕とは、向かうところ可ならざるはなき有様であった」としている。

江藤は若い書生たちと政治を論じるのが好きだった。ワインを飲んで精悍な顔を赤らめた江藤は書生たちを見まわした。

「それで君たちは、今の急務を何だと思っている」

「それは、征韓の事ではありませんか」

書生の一人が言った。ほかの書生たちもうなずく。江藤は書生をじろりと睨んだ。額が広く頬骨がはって目が鋭い色黒の顔だ。この年、三十九歳。

「西郷参議を遣韓使節とすることは近く正式に決まるだろう。わたしが言う急務とは別なことだ」

江藤は征韓論に関心がないようだった。書生たちは顔を見交わした。

このころ日本の外交問題は三つあった。

――樺太でロシア兵が日本人住民に乱暴を働いている問題

――漂流した琉球の漁民が台湾の原住民に殺された事件

――鎖国を続けている朝鮮との国交

だった。特に朝鮮の問題が、このころクローズアップされていた。在野でも朝鮮を無礼だとして兵を送れという声が高い。明治初年ごろには長州出身の政府幹部、木戸《きど》孝允《たかよし》が征韓論を主張していたことがある。江藤は西郷とともに政府で征韓論を主張していると世間では見られていた。

座談の中でも強硬な意見を言うのではないか、と思っていただけに書生たちは拍子抜けした。

朝鮮問題では外務省は今年六月、居留民保護のため「陸軍若干、軍艦数隻」と使節を派遣することを正院（内閣）に発議している。

この席で土佐出身の板垣退助参議が、

「ただちに兵士一大隊を派遣すべきじゃ」

と強硬論を述べた。在野の征韓論の気分を反映した意見だった。これに対して西郷は、

「兵を送らず使節だけが行かねばなりもはん」

とした。しかも、その使節には自分がなると名のりを上げた。三条実美《さんじょうさねとみ》太政大臣が護衛の軍艦と兵を引き連れていくように言うと、

「烏帽子、直垂《ひたたれ》の礼装で兵を率いずに行くのが礼でごわす」

と主張した。

西郷は、この件に関して板垣への手紙で、

——使節を暴殺に及び候儀は、決って相違これなき事に候
と書いている。西郷は自分が「暴殺」されることで韓国を攻める戦を起こそうとしていると人々は受け取った。この一件は八月の廟議《びょうぎ》で内定したが、その後、岩倉使節団の帰国を待ちたいとして正式決定が遅延している。

江藤は苦い顔をした。

「諸君は征韓論などと軽々しく言ってはならん。そもそも政府では、征韓論など議しては、おらん」

「それは、どういうことでございましょうか」

書生の一人が意外そうに訊いた。江藤はしかたがない、というように腕を組んで語り始めた。

「朝鮮への使節派遣問題は、日本がこれまで将軍が代わるたびに朝鮮に通信使を招請してきた慣例があるから倭館を通じて朝鮮政府へ国書をもって知らせ、同時に正式に国交を開くよう求めたのが事の始まりだ。日本からの国書の文章に皇や勅などの文字が用いられていることを朝鮮は咎めた。朝鮮は清を宗主国と仰いでいるが、その清国の最高権力者が皇という文字で表わされる皇帝であり勅は清国皇帝が下す詔勅以外にはない、というのだ。朝鮮側が会見を拒否し、国書を突き返したことが発端だ」

「はい、まことに朝鮮の態度は無礼じゃと思います」

書生が口をはさむと、江藤は苦々しげに、

「鎖国を続ける朝鮮にしてみれば開国し西洋の文明を取り入れている日本が面白くないのだ。これに対して日本政府は交渉を持とうと代表を派遣しようとしている。たまたま、その派遣使節に西郷君がなるというだけのことだ。朝鮮が無礼だから討つことで国内の不満をそらそうという征韓論は、以前に長州の木戸君が唱えたことがあるが、今の政府にそんな考えはない」

「しかし、朝鮮を討つべしという声は在野でも多いと聞きますが」

書生たちは怪訝そうに顔を見交わした。

「そのようなことを言うのは、今の朝鮮を知らぬからだ。朝鮮は第二十六代国王高宗《コジョン》の父、興宣大院君《フンソンテウオングン》が独裁的な権力を握っている。大院君は若いころは市井無頼の徒とも交わっていたという豪胆な貴族らしいが、徹底した鎖国政策をとっている。朝鮮で広がっていた天主教の大弾圧をやってフランス人神父九人を処刑するという思い切ったことさえやってのけた。この報復にフランス艦隊が江華島に侵攻して江華府を占領し条約締結を要求する事態になった。しかし強気の大院君は、これに屈せず猟師の狙撃兵を集めて戦い、フランス艦隊を撃退した。これを朝鮮では丙寅洋擾《へいいんようじょう》と称しているらしい」

「長州や薩摩が、かつて外国艦隊と戦ったのと同じですな」

年かさの書生があごをなでて感心したように言った。

「そうだ、大院君は、この戦勝を記念した石碑を各地に建てたが、それには洋夷侵犯非戦則和主和売国と刻んだそうな。外国の侵略に対しては、あくまで戦わねばならぬ、もし和を唱えるなら、すなわちそれは国を売ることになる、といった意味らしい。同じ年に大同江を遡上するアメリカ商船シャーマン号を焼き払い、以後たびたびアメリカの軍艦やアメリカ人が朝鮮を訪れている。五年前にはドイツ、アメリカ、フランス人からなる一隊が、大院君の父である南院君の墓を暴くという事件も起きたそうだ。二年前には、シャーマン号の消息を求めて出動したアメリカ艦隊が江華島の砲台を壊滅させた。しかし朝鮮軍の夜襲を受けて後退し開国の交渉に応じない李朝に失望して退去している」

「朝鮮は、攘夷に成功したわけですか」

小柄で色黒の書生が感心したような声をあげた。

「日本が尊皇攘夷に沸き立っていたころと同じなのだ。しかし、いつまでも外国を打ち払えるものではない。すでに開国したわが国から見れば、朝鮮も同じように開国すべきだ。鎖国を続ければ、いずれは西洋に侵略され植民地となる。隣国がイギリスやロシアの手に落ちては、わが国にとっても国防の危機となる。それゆえ朝鮮に国交を求めて開国をうながし、ともに西洋諸国に対抗しようというのが政府の方針である。わしも西郷君も朝鮮に兵を送るなどという愚昧な議論を抑え、国交のための使節を派遣しようとしているのだ」

「ですが、世間では西郷参議が兵を率いて朝鮮を攻めると、もっぱらの噂ですが」

「清国が、そのような話を朝鮮に伝えたらしい」

「清国が？」

「清国は開国した日本と朝鮮が国交することを望んでおらんのだ。今の日本には急務がある。それなのに浮説に踊る輩がいることこそが国難というべきだ」

江藤は、慨嘆した。

「先生、それでは征韓論よりも急務とは何でしょうか」

一座の中では一番若い書生の芳賀慎伍、舜が訊いた。

芳賀慎伍は佐賀士族ではなく九州、小倉藩出身だった。小倉藩は幕末、幕府が長州を攻めた際に高杉晋作の奇兵隊と戦い、窮して自ら小倉城を焼いた。

小倉士族は維新後、逼塞《ひっそく》していたが、慎伍は父が江藤と学問の交流があった縁で五月から江藤の書生になっていた。江藤は、秀才の慎伍を気に入っているらしく、にこりと笑った。

「芳賀君、それは、政治の一新だ」

「政治の一新？」

「そうだ、そのためには長州閥を亡ぼさねばならん」

といった時に、江藤の目が、光った。

（長州閥を亡ぼすって、どういうことだろう。この時代は薩摩と長州の連合政権みたいなものじゃなかったかな）

舜は、ひそかに首をひねりながらも、わかったような顔でうなずいた。

「すでに、山縣有朋《やまがたありとも》は首の皮一枚がつながっているだけですな」

年かさの書生が言った。

「いよいよ井上馨《かおる》にとどめを刺す時ですぞ」

別の書生が興奮したように身を乗り出した。

「井上は、どうしているのでしょうか」

年かさの書生が江藤の顔を見た。

「奴が大蔵大輔を辞めてから、ずっと密偵に見張らせておる。八月には例の秋田の尾去沢銅山を視察に行ったうえ、こともあろうに従四位井上馨所有地と書いた杭まで打ち込んだそうだ。これで奴の息の根を止められるだろう」

「そうなると京都の小野組の一件で長州閥の総帥、木戸孝允の尻尾を押さえれば長州閥は、総崩れですな」

書生たちは、口々に長州人の腐敗ぶりを攻撃した。

「維新成って六年にしかならぬというのに藩閥政府の驕慢は止まることを知らん」

「成り上がり官員が豪奢にふけり民草の生き血を吸うのが御一新と言えるか」

書生たちの会話は政府の閣僚の書生たちというより反体制の革命集団のようですらあった。話の中に小野組転籍拒否事件という言葉が何度か出てきた。

(どんな事件なのか、そのうち調べておこう)

舜は微笑しながら考えていた。舜の頭の中でも、時々、芳賀慎伍の声がする。慎伍は、

──薩長政府に屈したくない
と常に囁いていた。それは幕末、幕府側についていた藩の士族の声だった。だから、舜にとって政府に批判的であることは自然だった。

そんな舜に江藤は目をとめた。

「そういえば芳賀君は、あの落雷騒ぎについて、怪しい噂があるのを知っているか」

「いえ、何も知りませんが」

「そうか、あの時、雷に撃たれたのは君と若い邏卒、それに娘二人ということだったな」

「そうです」

「ところが、雷に撃たれたのは四人だけでなく、もう一人、騎馬の男がいたというのだ。しかも騎馬の男の傍には大きな馬車も走っておったということだ」

「騎馬の男と馬車？」

「そのことを大警視の川路が口止めをしておるらしい」

「先生、その騎馬の男と馬車についてご存知なのですか」

「君たちには、まだ言えないがね」

江藤は、書生たちの顔を面白そうに見渡した。そして、

「もしかすると長州だけでなく、あの男も葬ることができるかもしれん」

とつぶやいた。

二

「えっ、全部、しゃべったの」

美樹は大声を出して冬実を見つめた。西郷従道邸にいる美樹を冬実が訪ねて来ていた。二人は、屋敷の勝手口で話していた。冬実は困った顔をして勝海舟に未来から来たという事を全て話したというのだ。

「だって、勝海舟って人の話を訊き出すのが、すごく上手なの。雷の話をしていたら、いつの間にか話してしまった」

「それで海舟は冬実ちゃんの話を信じたの？」

「最初は変な顔していたけど、急に納得したような顔になって、それから、皆の話を聞きたいと言い出したの」

「そんな、わたしたちが、この世界の人間じゃないなんてわかったら、どんな事になるかわからないわよ」

「大丈夫よ、あのオジサンなら」

冬実は、なぜか自信ありそうにいった。

「どうして、大丈夫だと思うの」

美樹は疑わしそうに冬実を見た。

「だって、わたしの中の声がそう言うもの」

冬実に言われて美樹もうなずいた。美樹も時々、頭の中の声を聞く。その声は、美樹が世話をしている西郷隆盛は口にしたことは守る人だと告げていた。

「それじゃあ、浩太君から舜君に連絡してもらえばいいのね」

美樹は、あきらめて冬実に訊いた。

「そうしてくれたら、海舟さんが、両方の屋敷に手紙を出して海舟さんの屋敷に招待してくれるんだって」

「でも、いきなり勝さんに呼ばれるのって変じゃない？」

「だから落雷事故の時に、わたしが世話になった三人にお礼をしたいからってことにするらしいわ。勝さんって結構、偉いみたいよ。自分が手紙を書けば、どちらの屋敷もすぐに外出できるって威張っていたわ」

冬実は、おかしそうに、くすっと笑った。

「勝海舟の屋敷って、赤坂よね」

「そう。知っているの？」

「こっちじゃ知らないけど、向こうだと、あのあたりに行ったことあるわ」

美樹はそう言うと、ちょっと遠くを見る目になった。冬実は、そんな美樹に構わずに、

「勝さんの屋敷での、わたしの名前は小曾根はるだから覚えていてね」

と、にっこり笑った。

「こそね、はる？」

「うん、長崎の小曾根乾堂《けんどう》っていう、昔、勝さんが長崎にいた時に世話になった商人の娘なんだって。七月中旬に長崎から出てきたばかりで、まだ東京は三ヶ月ぐらいにしかならないんだって。何も知らなくてもあたり前だから助かっちゃった」

冬実が元気なのは、そのためもあるようだ。

「それにね、勝さんって、今、家庭の問題があって大変なの。だから、わたしが変なこと言っても誰も気にしないわ」

「家庭の問題？」

「海舟さん、隠し子がいたの。やるもんだわね」

冬実の話によると、小曾根乾堂が七月十五日に妻や娘を連れて上京して勝家を訪れたのは勝の隠し子を届けるためだった。

「梅太郎っていう、まだ九歳のかわいい男の子なんだけど。勝さんが徳川幕府の海軍伝習所を長崎でやっていた時、長崎でできた恋人の子供らしいの。女の人は、もう死んじゃって、梅太郎ちゃんは長崎で育ったんだけど、今度、引き取ってもらうことになったの」

小曾根はるが梅太郎とともに上京したのは、勝家で梅太郎がさびしい思いをしないようにという乾堂の配慮のようだった。

「勝さんの奥さんのたみさんという人もやさしい女性だし、わたしは梅太郎ちゃんの面倒だけをみていたらいいから、すごく楽なの」

冬実が楽しそうに言うのを聞いて、美樹は少しうらやましくなった。


勝からの手紙が届いたのは、それから二日後だった。浩太と舜、美樹は赤坂氷川町の勝屋敷の近くで落ち合ってから三人そろって黒板塀で囲まれた勝屋敷の門をくぐった。

元は旗本屋敷だったという勝邸の玄関には、なぜか籐椅子が置いてある。訪《おとな》いを告げると小糸という美しい女中が出て来て案内した。上がると十二畳と六畳の客間があって、ここにはテーブルと椅子が置かれている。

三人が通されたのは客間の隣の書斎らしい小さな部屋だった。

――海舟書屋
と書かれた額がかかっていた。やがて冬実が三人のために茶を持ってくると、そのもったいぶった様子がおかしくて、浩太は吹き出した。

「やあね、笑わないでよ」

冬実が茶碗を浩太の前に置きながらふくれた。

「そうだぞ、冬実ちゃんのおかげで勝海舟にも会えるし四人がそろうこともできたんだ」

舜が、ゆっくりと茶を飲みながら言った。

「それはいいけど、勝海舟は、本当にわたしたちの言う事を信じてくれたのかしら？」

美樹は、あらためて不安になった。

「勝海舟は徳川幕府の使節として咸臨丸《かんりんまる》で太平洋を渡ってアメリカに行った人だ。江戸時代の人にとって海を越えてアメリカのような文明が違う国に行くのは、今の僕たちと同じような気持だったかもしれない」

舜がそう言いながら庭先を見ると、絣の着物を着た男の子が立っていた。目がくりっとした色白の子だ。

「梅ちゃん、だめよ、ここに来ては」

冬実が言うと梅太郎は泣きそうな顔になった。不意に何かに驚いたように走って庭から出て行った。

「待たせちまったな、すまないね」

声をかけながら、小柄な着物姿の男が入ってきた。勝海舟、この年、五十歳。明治時代の人間というより現代人のような顔つきをしている。勝は四人の前に気軽な様子で座ると、にこりとして、

「おいらが、勝だよ。元は徳川家《とくせん》に仕えた船乗りだが、今は新政府に鞍替えして、とんと評判の悪い男さ」

歯切れのいい江戸弁でいった。

益満市蔵の声が浩太の頭に響いた。

——奸物《かんぶつ》め
（奸物って、どういうことだ）

勝は浩太を見て、

「お前さんとは二度目だな。益満休之助の縁者だというから遊びに来いと言ったんだが、おはるの話じゃ、少し様子が違ってきたな。休之助のことでは話したいこともあるんだが、それは、またにしよう。今は小西郷の屋敷にいるっていうじゃないか。背丈があるが剣の方も心得があるかい。西郷さんは竹を割ったような若い男が好きだから可愛がってもらえるだろう。だけど示現流《じげんりゅう》ばかりやっていると人を見たら斬りたくなるから考えもんだよ」

というと、浩太の返事も待たずに舜の方を向いて、

「お前さんは、剣呑な人のところにいるらしいな。江藤は、ぴりぴりしていて実に危ない男だが、お前さんは、江藤に合いそうだ。江藤の頭は鉈と剃刀《かみそり》の両方に使えるが、お前さんも剃刀ぐらいにゃなるかもしれない。なるほど、天のやることに無駄はないねえ」

と巻き舌で言った。浩太と舜は勝の早口に呆然となった。巻き舌の江戸っ子言葉は二人には、よく聞き取れなかった。勝は煙管を取って煙草を吸いつけるとにやりと笑った。

「こんな風に坂本竜馬や岡田以蔵《いぞう》なんて連中にべらべらしゃべったもんさ。それで味方

もできたが、敵もたんとできたよ」

勝は、ふーっと煙草の煙を吐いた。

「だがね、お前さんたちには回りくどい話はしないつもりだよ。おいらが、うちのおはるの不思議な話を信じる気になったのは、お前さんたちの時代には政治をやる人間は入れ札で選ぶらしいね。それは、おいらが行ったアメリカでのやり方と同じだ。おいらはアメリカから帰った後で幕府のお偉方に日本とアメリカの違いは上に立つ者が馬鹿かそうでないかの違いだけだと言ったものさ。日本も、そんなやり方をするようになるというのは理にかなっているよ。おいらは、理にかなっているものは信じることにしているのさ」

勝に言われて浩太と舜は顔を見合わせた。勝海舟は、確かに柔軟な頭脳の持ち主のようだった。

「勝先生――」

舜が口を開いた。舜は江藤屋敷で書生たちとともに江藤と話しているだけに、こういう話には慣れていた。

「僕たちは、なぜ、この時代に来たのか自分たちでもわかりません。なんとか早く帰りたいと思いますが、それまでは、この世界で暮らさなければならないので、この世界の方に協力していただければ助かります。でも、勝先生が僕たちを呼ばれたのは、何が狙いなんでしょうか」

勝の目が悪戯っぽく光った。

「そんなものは決まっているだろう。日本がどうなるのか聞きたいのさ」

そう言われて浩太たちは、戸惑った。未来のことを簡単に話していいのだろうか。

しばらく考えた舜は、浩太にうなずいて見せると勝の方を向いた。

「勝先生、日本は明治時代に二度の戦争をします」

「ほう、やっぱりやるかい。とても、このままじゃすむまいと思っていたがね」

「相手は中国とロシアで、この戦争で日本は勝ちます。しかし、その後、日本は中国を攻め、さらに南方に出ようとしてアメリカと戦争になり敗北します」

舜は緊張した顔で言った。勝は煙草を吸うと、

「それはいつのことだえ」

「西洋の暦で言えば一九四五年のことです。明治六年の今年が一八七三年ですから七十二年後です」

「それで日本はどうなるかい」

「新しい憲法ができて民主主義の国になります」

「それが、アメリカと同じ入れ札制度になるってことか」

「違うところはあると思いますけど原則はそうです」

舜は、うなずいた。

「そうかい、戦に負けるかい」

勝は、さすがに眉をひそめて煙草を吸った。

「すみません」

浩太は、なんとなく謝らなければいけない気がして頭を下げた。

「お前さんが負けたわけでもあるまいし、詫びることはないさ。それに、お前さんたちは、おいらが戊辰の戦で負けた徳川の人間だということを忘れちゃいないかい。おいらは、負けることも意味があることを知っているよ」

「負ける意味ですか？」

浩太は首をひねった。勝は、よく光る目で浩太を見た。

「徳川は最後の一人まで戦うべきだったたってやかましく言う奴は今も多いよ。徳川の私《わたくし》だけを考えりゃ、それがいいだろう。だが、あの時、国内で内戦が大きくなればイギリスやフランスにつけこまれただけさ。徳川の私を去って日本っていう国の公に立てば負けるがいいのさ。負けた側は、その時から公の立場に立つもんだよ。七十二年後に日本が負けたとすりゃあ、その時、日本はアメリカを含めた世界っていう公の立場に立っただろうぜ、負けて公の道を堂々と歩けばいいのさ。負けることに意味があるっていうのは、そういうことだ。おいらは、そのつもりでやっているよ」

勝は、淡々と言った。

勝が浩太ら三人を招待したと言った言葉に嘘は無いようだった。しばらく話した後で

料理の膳を女中たちが運んできた。勝は手酌で酒を飲むと、

「おいらの駄法螺を聞いてもしょうがねえと思っただろうが、こいつのことはお前さんたち知らないだろう」

と言って文机の上にあったものを浩太たちの前に置いた。それは、この時代の新聞のようだった。

「きのうの新聞だよ。よくご覧な、お前さんたちが落雷にあった時のことが書いてあるよ」

浩太たちが見ると、

――**怪しき落雷**
という見出しがあった。

――過日、日本橋本石町にて落雷のことあり男女四人が失神すとは報じたところなれど、その後、奇怪なる噂あり。

すなわち近くの呉服店にて介抱を受けしは、確かに四人なりしが、それ以外に今一人ありという。その一人、まことに怪人物なり。金モールの軍服を着用し腰には銀作りの刀を佩きしが、嵐の前兆か黒雲たちこめ、あたりが薄暗くなったのを幸いに折から通りかかりし馬車に近づき電光石火、刀を抜いたのを見たという者あり。

ただし落雷騒ぎにて、かの怪人物が馬車中の人物に白刃を振るいしかどうかは、さだ

かでないとの事。怪人物も、また落雷により、一時、気を失いしが、屈強にして回復すると、そのまま立ち去れり。

馬車中には、恐らく貴人ありと察せらるれども、どなたかは不明。また騎馬にて走り去りし怪人物について推察する向きは多けれど、あえて名を出すは、はばかりあり。

ただし、昨今、政府頭痛の種になりし征韓論の裏の一幕なりともっぱら世上の噂なり。


「このことか、江藤先生が言っていたのは」

舜は、新聞を握り締めて言った。

「ほう、江藤は、何と言ってたかい」

「長州だけでなく、あの男も葬れるかもしれない、と」

「なるほど、やっぱり江藤は危ないね。だが江藤に言っておやりよ。相手を斬る時は、自分も斬られる覚悟がいるよ。薩長の奴らと違って佐賀者は白刃の下をくぐってきたことがねえ、そいつはやっぱり弱みだよってな」

勝は、そう言って、にやにや笑った。あっと舜は声を上げた。

「どうしたい」

勝は、じろりと舜を見た。

「江藤先生の最期が、どうなるか思い出しました」

「よかあねえだろう」

「はい」

舜は青ざめてうなずいた。

「江藤は人を斬りすぎる。酷な奴には酷な最期が待っているものさ」

勝は煙管をくわえた。江藤新平は征韓論で敗れて後、佐賀に戻って反乱を起こし死刑になるのだ。

「だけど、この怪人物って誰なんですか」

浩太が勝の顔を見て訊いた。

「お前さんたちは知らない方が得策だよ」

「いえ、知った方がいいかもしれません」

舜が膝を乗り出した。

「ほう、どうしてだい」

「僕たちは、偶然、この世界に来たのかと思っていましたが、僕たちの他にも落雷にあった人間がいるとしたら、その人間に理由があるのかもしれません」

「なるほどね」

「その人間が歴史の中で何かの役割を果たすような人間だとしたら、その役割を果たすために僕たちは明治時代に来たのかもしれません」

「それ、どういう事だ」

浩太は舜の方を向いた。

「浩太は、落雷があった時のことをよく覚えていないみたいだな」

「えっ」

「雷に撃たれたのは、僕らだけじゃないんだ。あの時、浩太の親父さんが――」

舜が言いかけると浩太の頭にフラッシュバックのように映像が浮かんだ。

「そうか、あの時――」

浩太の父も、あそこにいたのだ。

浩太は警視庁のパトカーが信号待ちしているのを見た。パトカーの後部座席には浩太の父、謙司が座っていた。浩太が、声をかけようかと迷った時、信号の前にいた男が車道に下りてパトカーに向かって歩き出した。

サングラスをかけ手には細長い紙包みを持った痩せた男だ。男は交差点にさしかかる車がクラクションをしきりに鳴らすのも気にせずに悠然とパトカーに近づいた。

謙司はパトカーから降りて男を見つめ、何か怒鳴った。

男は、にやりと笑って紙包みの中から日本刀を取り出した。鞘をはらって日本刀を振りかぶると謙司に駆け寄った。男が謙司めがけて日本刀を振り下ろした瞬間、落雷があったのだ。浩太は、呆然とした。なぜ、このことを今まで思い出さなかったのだろう、と思った。頭の中で、

――刺客が狙っている
と益満市蔵の声が響いた。

「浩太は、ショックが大きくて、親父さんが襲われたことは心の底に封じ込めていたんだろう」

　舜は、淡々と言った。

「だけど、あの男、誰だったんだろう。それに親父、大丈夫だったんだろうか」

「親父さんのことはわからないけど、あの男のことは知っているよ」

「えっ、誰なんだ」

「あの日の数日前に銀行を襲って、三人の行員を日本刀で斬り殺して逃げた強盗殺人犯がいたじゃないか」

「飛鳥磯雄《あすかいそお》――」

「そうだ、元警察官で、親父さんの部下だったことがあるって浩太は話していたじゃないか。テレビニュースに顔写真が出ているのを見ただろう」

　そうだ、飛鳥磯雄は刑事で謙司の部下だったことがある。フィリピンダンサーの女ができて借金まみれになり同僚の金を盗んで懲戒免職になった、と謙司が話していた。飛鳥は剣道四段で、よく謙司の稽古相手にもなっていた。しかし懲戒免職になった時、謙司がかばってくれなかったと恨んでいるという話だった。

「向こうの世界で、あの時、刀を持っていたのは、あいつだ。雷はあいつに落ちて、僕らは巻きこまれたのかもしれない」

　舜は、冷静な目で浩太を見た。

「まさか飛鳥磯雄が、この世界に来ているっていうのか」

浩太は目を瞠った。

「先生、新聞が書いているのは誰なんですか」

舜は、あらためて勝に騎馬の人物の名前を訊いた。しかし、

「本当にそうなら、そのうち、お前さんたちも、その男に会うだろうぜ。その時に、わかった方がいいさ」

勝は、首を振った。そのかわり、浩太たちがこれからも時々、勝屋敷に集まれるように手紙を書いてくれると言った。

「おいらは、昔から坂本竜馬のような若い者を集めていたから、別に不思議じゃないよ。男二人は、おいらのところに海軍の話を聞きにくる、女はうちのおはるが長崎から出てきたばかりで気の合う相手がいなくて気鬱の病だから、鹿児島から出てきたばかりの相手がいると気晴らしになるからということにでもしておくさ」

そして、浩太を見て、

「だが、益満休之助の話をおいらに聞くとは西郷にも言わないほうがいいぜ」

と謎めいた言い方をした。どうしてですか、と浩太が訊き返しても、

「西郷のような男にだって人に知られたくない秘密ってのはあるもんさ」

勝は、はぐらかすだけだった。

――そうだ、西郷には秘密がある

浩太は益満市蔵の声を聞いた。

渋谷金王町の西郷従道屋敷に戻った浩太と美樹は目を瞠った。屋敷の門前に白馬が馬丁に牽《ひ》かれていたからだ。門から薩摩絣に白い兵児帯《へこおび》を巻いただけの西郷隆盛が悠然と出てきた。

「西郷先生——」

浩太が傍に駆け寄ると西郷は、にこりと笑った。

「おう、市蔵どんな、間に合いもしたか。おいは小網町の屋敷に帰りもす。おはんもついてきてもらわにゃならん」

「お屋敷にお帰りになられるとですか」

うむ、とうなずいた西郷は後ろを振り向いて、身の回りの物は熊吉に持ってきてもらいもそ、と下僕の名を言った。西郷の後から軍服を着た男が近づいて来た。

「その男は何者でごわすか」

男は乾いた声で言うと浩太を見た。

「わしの護衛じゃ。益満市蔵というて休之助どんの縁者だそうな」

西郷は、ちょっと複雑な顔になった。

「益満の？」

男は、浩太を睨《にら》んだ。その目に強い光があった。浩太は、

――殺気

という言葉を思い浮かべた。体が震えた。益満市蔵の感情が震えさせているのだとわかった。

――こん奴、斬っちゃる

市蔵の殺気も凄まじかった。

(なんだ、どうしたんだ)

浩太は、戸惑った。

「おはん、なんちゅう目で市蔵どんを見るとじゃ」

西郷は、苦笑した。

「じゃっどん、間者じゃごわせんか」

「あほなこッ、鹿児島《かごんま》の者に、なんごと間者がおりもすか」

西郷は笑い捨てると歩き出した。男は渋い顔をして腰の黄金作りのサーベルの柄を叩くと西郷の後を追った。

「先生、馬に乗ってたもはんか、今は、いつ危なか者に狙われるか、わかりもはんど」

「東京で一番危なかのは、おはんじゃ。そげな事言われるとは思いもよらんじゃった」

西郷は笑いながら、どんどん歩いて行った。白馬は男のものらしかった。馬丁が手綱を牽いて西郷の後を追いかけた。西郷たちの後からついて行きながら浩太は青ざめていた。男が飛鳥磯雄にそっくりだったからだ。

（やっぱり舜の言った通りだ。飛鳥も、この世界に来ていたんだ）

浩太が男を見つめているのに気づいた西郷は、にやりと笑って、

「市蔵どん、こん人が陸軍少将桐野利秋《としあき》じゃ」

と言った。

――桐野利秋
（名前は聞いたことがある）

浩太は、ごくりとつばを飲み込んだ。幕末に中村半次郎の名で活躍し、

――人斬り半次郎
の異名で知られた男だった。

「おはんも知っとろうが桐野どんは示現流の名人じゃ、小網町の屋敷では、ちっと鍛えてもらうがよか。益満休之助の縁者なら剣の筋はよかろう」

西郷は愉快そうに言った。桐野は、不意に浩太を振り向いた。

「益満の縁者とは、ほんなことか」

鋭い目が射抜くように浩太を見つめていた。

「まことでごわす」

「そうか、そんなら、そのうち腕を試さにゃならんのう」

桐野は、あっさりと言うと背を向けて歩き出した。浩太は、戸惑った。

もし桐野利秋が飛鳥だとしても父の謙司に斬りかかったとき、近くの路上にいた浩太

の顔など覚えていないだろう。あるいは飛鳥によく似ているとしても、ここにいるのは桐野利秋本人なのかもしれない。

（どちらなのだろう――）

それにしても浩太に興味を持ったらしい桐野の目は不気味だった。三人を門で見送りながら美樹は西郷を見送っていた書生の一人に、

「西郷先生は、どうして急にお屋敷にお帰りになるんですか」

と訊いた。若い書生は、興奮した顔つきで、

「いよいよ廟議で先生の朝鮮への使節派遣が本決まりするらしか。そうすっと渡韓の準備があって、お屋敷に戻らるっとじゃ」

と言った。美樹は、西郷が征韓論で敗北すると東京を去ることを知っていた。

（もしかすると西郷さんには二度と会えないのかもしれない）

そう思うと、ひどく悲しくなった。

三

小柄で風采の上がらない男が闇の中で動いていた。

男は三条実美、岩倉具視《いわくらともみ》、木戸孝允、大久保利通《おおくぼとしみち》の屋敷をまわっては、何事かを囁き、馬車に乗って去っていった。その男が、この夜、有楽町の大隈重信の屋敷前で馬車を降りた。男は我が家のように、ずかずかと屋敷に入って行った。

「おう、来たか」

奥座敷にいた屋敷の主の参議、大隈重信は、男の顔を見てにやりと笑うと家人に酒の用意をいいつけた。男――、伊藤博文は、どっかと座ると、

「なんとか大久保さんが出てくれることになった」

と、つぶやくようにいった。

そうか、それはよかった、と大隈は手をたたいて喜んだ。

大隈は江藤と同じ佐賀藩出身で、この時、三十五歳。頬骨のはった顔で鋭い細い目をしている。伊藤博文は、もともとは長州の百姓身分だった男だが吉田松陰の松下村塾門下生で新政府では工部大輔。三十二歳。背が低く顔は蒙古人に似ていると言われた。

大隈と伊藤、井上馨は仲がよく、二年前まで築地、西本願寺そばにあった大隈屋敷に集まった。三人は酒を飲んで政治を論じては気勢をあげて「梁山泊《りょうざんぱく》」と称していた。

昨年九月に横浜―新橋間で営業を始めた鉄道の建設を推進したのは大隈と伊藤だった。陸蒸気《おかじょうき》とも呼ばれる鉄道の建設には政府内でも時期尚早として反対する声が強かったが大隈は強引な政治力を発揮して押し切った。

二人とも幕末には無名に近かったが明治になってから、その能力を発揮し開化政策を推し進めていた。

伊藤は一年九ヶ月に渡って海外を視察してきた岩倉使節団に加わっていたが九月十三日に帰国したばかりだ。それから伊藤は、昼夜を問わず、駆けずりまわってきた。

「大久保さんが出てもらわねばどうにもならん。西郷は旧物だ。これからの政治をまったく理解しておらん、このままでは政府はつぶれるぞ」

大隈は、西郷への批判を口にした。

「まったく、その通りだ」

伊藤は運ばれてきた膳を前に酒を口に含みながら、ちょっと複雑な表情になった。

伊藤は西郷の幕末の活躍をつぶさに見てきた。

(西郷が稀代の英雄であることに間違いはない)

と思っている。しかし、今は、その英雄が邪魔だった。

(江藤新平は長州閥を政府から叩きだそうとし[illegible]。それも西郷が上にいて認めてい

るからこそできることだ）
　何としても政府の主導権を江藤から奪い返さねばならない、と伊藤は思っていた。そのためには、どうするか。
（征韓論だ。これをうまく利用すれば西郷だけでなく江藤も政府から追い落とせる）
　伊藤は暗い目をして杯を見つめた。どうしてこんなことになったのか、とわずかながら悔いる気持が浮かんでいた。

　明治四年（一八七一）十一月、右大臣、岩倉具視を特命全権大使、副使が参議木戸孝允、大蔵卿大久保利通という総勢五十人を越す岩倉使節団がアメリカ、ヨーロッパ歴訪の旅に出発した。

　岩倉らの留守中、政府の首班となった西郷隆盛は明治維新の大立者とされているが実は発足したばかりの明治新政府からは一線を画した存在だった。西郷は江戸攻めの後、戊辰戦争で越後や箱館に出兵したものの、いずれも戦わずに戻るとそのまま薩摩に引っ込んでしまっていた。薩摩に帰った西郷は草創の新政府で官吏の驕り、奢侈が目立つことに批判的になっていた。政府から出仕するよう、うながされていることも、

「どろぼうの仲間になれと申す事」

　と嫌っていた。そんな西郷が再び東京に出てきたのは明治四年一月になってからだった。その年の十一月には留守政府の首班となったのだ。

「それにしても、こねいなことになるとは思わんかった」

伊藤は酒を飲みながら長州弁で言った。

「岩倉使節団が国を空けすぎたからじゃ」

大隈が間髪を入れずに言った。さらに、伊藤が黙り込むと、

「国造りの真っ最中に肝心のご本尊たちが二年近くも国を空けてどうする。二年もたてば、這っていた赤ん坊でも歩くようになるぞ。政府の最高責任者が、とんだ浦島太郎ではないか」

大隈は蔑むように伊藤を見た。

「まあ、そう言うな。見込みがあると思ったから、わしも大久保さんも動いたのだ。だが、甘すぎたな」

伊藤は、頭をかいた。岩倉使節団は当初予定していなかったアメリカとの不平等条約改正の本交渉にあたろうとして全権を付与してもらうために、一時大久保が帰国するなど数ヶ月を空費し、しかも交渉は実らず、いたずらに帰国が遅れただけだった。

これを失態として追及されれば伊藤には返す言葉がなかった。

「そうじゃろう、その間に、わしら留守政府は徴兵令、地租改正、学制発布と着々と実績をあげたぞ。もはや使節団一行には政府に戻ってもらわんでも構わぬところだ」

大隈はずけずけと言いたいことをいった。

「だいたい、貴公らは廃藩置県を何だと思っておったのだ。たしかに御一新で幕府は倒

れたが、三百諸藩を廃する廃藩置県は言わば第二維新じゃった。その第二維新ができたのは西郷が薩摩の兵を率いて上京し、従わぬ藩は断固として討つと言明したからだ。西郷の存在が、昔の将軍ほどにも大きくなるのは当然ではないか」

（その通りだ、今の政府は西郷を頭領とする西郷幕府だ。新政府の中心だったはずのわしらが外国を回っている間にはしごをはずされようとしている）

伊藤は苦い思いで杯をなめた。伊藤は、この危機感は長州人にしかわからない、と思っている。

「しかし、大久保さんが参議になってくれれば長州も息を吹き返せるな」

大隈が、にやりと笑って伊藤の顔をのぞきこんだ。

（こいつ、見抜いちょる）

伊藤は、じろりと大隈の顔を見た。

「長州は、いまや満身創痍だ。この窮地を脱するのは、並大抵ではないぞ」

大隈は、宙を見上げて慨嘆するように言った。伊藤たちの留守中、政府の長州閥には不祥事が相次いでいた。幕末のころから伊藤の盟友でもある大蔵大輔、井上馨は予算をめぐって司法卿、江藤新平と対立し片腕の渋沢栄一とともに五月に辞職している。

井上は、さらに司法省から尾去沢銅山事件を追及されようとしていた。旧盛岡藩の御用達商人、村井茂兵衛が所有していた尾去沢銅山が旧藩の債務処理にからんで政府に没収され、井上と縁が深い商人に払い下げられた事件だ。

井上は政府の権力によって村井から強奪同然に鉱山を奪ったとの悪評が立っていた。西郷は井上の大商人との癒着を日ごろから不愉快に思って、

「三井の番頭さん」

と呼んだりしていたが、その暴慢ぶりには目にあまるものがあった。

陸軍卿の山縣有朋は山城屋和助事件で信用を失墜していた。陸軍省の御用達商人、山城屋和助が生糸相場に手を出し莫大な陸軍省公金を流用したあげく破綻した事件だ。和助は司法省の追及を恐れて去年十一月に陸軍省の一室で割腹自殺している。和助は元は長州の奇兵隊士で、山城屋に流れた金は山縣を頂点とする長州人たちの遊興費になったと言われていた。

「それにしても長州者は金に汚いのう」

大隈は、あきれた口調でいった。だいぶ酒を飲んだらしく顔が赤くなっていた。

「それを言うな。長州人はな幕末、国事に奔走しておったころ藩の公金を随分と勝手に使った、その癖が抜けけんのだ」

伊藤は平然と言った。

「旧藩と新政府ではおのずから違うじゃろう。それに江藤は、そのような公私混同を蛇《だ》蝎《かつ》のように嫌うぞ」

大隈は、じろりと伊藤を見た。

「江藤は西郷という虎の威を借る狐だ。西郷が政府から出ていけば何もできはせん」

伊藤は、ぐいと杯をあおると思わず本音を言った。

「なるほど、それで大久保さんを引っ張り出して西郷に替えるというわけか」

「お主だとて西郷には嫌われておる。わしらが政府から追い出された後、江藤に狙われるのはお主だぞ」

伊藤は狡猾な表情になった。

大隈は西郷には嫌われていた。留守政府が、あたかも西郷を首相とする肥前閥政府であるかのようになっているのに大隈が伊藤と通じているのは、このためだった。

言わば大隈は西郷政府にいながら大久保への内通者だった。

大隈は、そ知らぬ顔で、

「しかし大久保さんは、よく出ることを決意してくれたな。征韓論に反対すれば若いころからの盟友の西郷を政府から叩きだすことになるぞ」

「そこが、大久保さんが木戸さんと違うところだ。あの人は火達磨になっても火中の栗を拾う。愚痴ばかりで身を捨てることが無い木戸さんには出来んことだ」

伊藤の声には大久保への畏怖の念がこめられていた。

大隈は何も言わずに杯の酒を干した。それを見て伊藤も、ぐいと酒をあおった。

二人は自分たちが、ひどく卑しい事を企んでいるような気がして後ろめたくなっていた。

その夜、飯田町の江藤屋敷で舜はランプの灯りで書類を読んでいた。読むにつけ、舜は腹立たしくなっていった。

（この時代は、ひどい汚職時代だな。平成よりもひどいなんて信じられないな）

舜は長州閥の汚職に関する書類を読んでうんざりした。さらに小野組転籍拒否事件の書類を読んでいた時に、がらりと襖が開いた。廊下に立っていたのは江藤だった。

「夜遅くまで勉強をしておると思ったら芳賀君か」

江藤は機嫌のいい声だった。部屋に入った江藤は舜が見ていた書類を手にとった。

「なるほど小野組転籍拒否事件か――」

江藤は、広い額に落ちかかった髪をかきあげた。小野組転籍拒否事件は京都の豪商、小野組が東京に本籍を移したいと京都府に願い出たところ、なぜか拒否された事件だ。事件の背景には小野組の東京進出を恐れたライバル三井の妨害があったともいわれる。

小野組は京都府の横暴だとして司法省通達第四十六号に従って裁判所に訴え出た。この通達は地方官の専横、怠慢で人民の権利が侵害された時、裁判所に訴えることができるとして新たに公布されたものだ。

京都裁判所では小野組の訴えを認め小野組の転籍を認めよという判決を下した。しかし京都府側は、これに応じようとしなかった。このため裁判所が府の実権を握る槇村正直《まきむらまさなお》参事の拘禁を上申し司法省と京都府の全面対決にまで発展していた。

「先生、小野組の事件は、これからどうなるんでしょうか」

舜は、座りなおして訊いた。江藤は舜の傍に座った。

「京都府は木戸にとって、ひそかな資金源の可能性もある。槇村を締め上げていけば木戸は追い詰められる。そうなれば長州閥を追放し政府を貪官汚吏の巣窟から、まことの維新政府にすることができる」

江藤は自信ありげに言った。舜は、江藤を見ながら父親で法務省高級官僚の志野肇のととのった顔を思い出した。肇は東大卒業のエリートだったが学生運動の経験があることが自慢だった。大学のバリケード封鎖だとか機動隊との衝突などを、酒に酔うと話して反体制を気取っていた。しかし出世に目の色を変え部下に対して権力的なことを舜は知っていた。

(親父の反体制なんて口先だけだ。実際には権力大好き人間だ)

舜は、そう思って肇に反発して、何度か批判めいたことを言ったことがあった。そんな時、肇は、苛立たしそうに、

「お前は、頭はいいが、情熱というものがないから、冷めているんだ」

と吐き捨てるように言った。

舜には、肇がいう情熱は権力欲のようにしか見えなかった。

そんな情熱なら持たないほうがいいと思っていた。

しかし、江藤の情熱は権力欲だけではなさそうだった。江藤が政治に発揮する才能は刃物のような切れ味があって魅力的だった。

（だけど、この人は征韓論に敗れて佐賀に戻れば悲惨な最期を遂げることになる）

舜は痛ましそうに江藤を見た。江藤は煙草盆を引き寄せると煙管をくわえた。

「芳賀君、わしは長州閥を政府からたたき出すつもりだが、本当に倒さなければならんのは別の男だと思っている」

「別の男？」

「そうだ、その男は、自分こそが政治の一新を行っているつもりだ。だが、わしに言わせれば古い政治の巨魁《きょかい》にすぎない」

江藤の目が光った。舜は江藤が言っている相手は誰だろうと考えた。

（木戸孝允だろうか、岩倉具視、それとも大久保利通――）

そこまで考えた時、はっとした。江藤が、落雷の時、怪しい騎馬の男が馬車に乗った人物を襲った事を知っていたのを思い出したのだ。馬車に乗っていたのは、江藤の政敵の男に違いない、と思った。

そのころ、大隈の屋敷では――

「そういえば、お主、この新聞を見たか」

大隈が伊藤に新聞を差し出した。なんじゃ、これは、と言いながら伊藤は酔った目で新聞を読み始めたが、途中で、うーむ、と唸り声を上げた。

「日本橋での落雷騒ぎの時、馬車に向かって刀を振りかざしておった軍人がおるというのだが、その軍人は――」

「桐野利秋だろう」

伊藤は苦い顔で言った。

「やはり、そう思うか」

「間違いない。銀作りの刀など持ち歩く軍人は奴だけだ。それに往来ですれ違いざまに人を斬るのは、京で人斬り半次郎と呼ばれていたころの奴がよくやったことだ」

「そうか、わしは、その馬車に乗っておった貴人というのはお主のことで、桐野がお主を狙ったのかと思ったぞ」

「まさか、桐野は、わしのような小者は狙わん――」

伊藤は、そう言いかけた途中で、さっと青ざめた。

「いかん、もしかすると」

伊藤は、さっと立ち上がった。おい、どうした、という大隈に伊藤は、

「行かにゃ、ならんところができた」

と言い捨てるとあわただしく部屋から出て行った。その様子を大隈は、ぽかんと口を開けて見送った。

麴町三年町にある大きな屋敷の奥座敷で大久保利通が机に向かって書き物をしていた。

幼少のころから西郷の友人で幕末には西郷とともに薩摩藩を動かし倒幕に導いた大久

保一蔵利通。この年、四十三歳。色白で彫りの深い顔立ちで頰髯をたくわえている。

大久保が書いているのは遺言だった。ランプの灯りが大久保の手元を明るくしていた。

大久保は西郷と対決することで死を覚悟していた。そのため、アメリカに留学している息子を始め家族への遺言を残そうとしているのだ。大久保が、ふと筆を置いた時、廊下に女が来て膝をつくと、

「伊藤さんが、お見えでございます」

と取り次いだ。

「伊藤が？」

大久保は眉をひそめた。

「ええ、少しお酒を召してますが、なんだか心配そうな御様子で」

女は、かすかに笑みを浮かべた。浩太が、この女を見たら、

（あの時の――）

と驚くだろう。浩太が銀座通りで勝海舟の馬車と出会った時、人力車に乗っていた女、

――おゆう
である。おゆうは大久保利通の第二夫人ともいうべき女だった。大久保は幕末、慶応二年（一八六六）二月から慶応四年六月までの二年半、京都に滞在して倒幕活動に取り組んだ。おゆうと知り合ったのは、このころである。おゆうは祇園の茶屋一力の娘だった。大久保は慶応二年春から京の石薬師通寺町に居宅を構えて、おゆうとともに暮らし

た。

この居宅には茶室があり、大久保は有待庵と名づけた。有待庵には、当時、京の洛北岩倉村に隠棲していた岩倉具視が密かに訪れて密謀をこらしたほか各藩の志士たちも訪れ、大久保の作戦司令部ともいうべき場所になった。この居宅で大久保を訪ねる人々を接待したのが、おゆうである。大久保の友人たちの手紙にも、しばしば、おゆうの名が出るところから見ても、おゆうが大久保の秘書役を務めていたことがわかる。

鳥羽伏見の戦いを前に官軍であることを示す錦の御旗を密かに大久保と岩倉が作ろうとした時、人に怪しまれないように錦地を買ってきたのは、おゆうだと言われている。大久保の妻子は薩摩にいた。おゆうは大久保の子をすでに産んでおり文字通り東京での夫人だったといえる。大久保がうなずくと、おゆうは伊藤を案内してきた。

伊藤はせかせかと座敷に入ってきた。酒を飲んで赤い顔をしていたが大久保の顔を見て、ほっとしたようだった。大久保は黙ったまま冷徹な目で伊藤を見ていた。

「夜分に申し訳ございません。いや、陸軍少将の桐野利秋が、なにやら不穏な動きをしておると聞きまして、万が一のことがあっては、と気になったものですから」

伊藤は、しどろもどろになって、顔の汗をハンカチでふいた。

「わたしのことなら心配はいりません」

大久保は、ひややかに言った。大久保の顔には誰もが息を飲むほどの威厳があった。

その顔を見たら浩太は、

──親父

と叫んで愕然とするだろう。明治政府最大の実力者、大蔵卿、大久保利通の顔は浩太の父、警視庁捜査一課長、

──加納謙司

に、そっくりだったのだ。伊藤が汗を拭きながら帰った後、おゆうは茶を持ってきた。

「伊藤さん、なんやら落ち着かれない御様子どしたなあ」

おゆうにとっては、伊藤は京時代から顔見知りの志士の一人だった。

「無用な心配をする」

大久保は、茶を喫しながら言った。

「そうどすけど──」

おゆうは、何かを言いかけたが、大久保の顔を見て、ふっと笑った。大久保が、どうした、というように目を向けると、

「いえ、この間、お話ししましたやろ。勝さんの馬車に食ってかかった元気のいい若い邏卒さんのこと。あの時も思いましたが、こうして見ると、やっぱり御前に面差しが似てはると思うて」

「くだらぬことを」

大久保は、つまらなそうに言ったが、ふと、

「そう言えば、その邏卒の名は、何と言ったかな」

「勝さんとの話を聞いていたら、益満市蔵と名のってはりました。御前と同じ薩摩の方どすなあ」

「益満か、その男、西郷には近づかねばよいがな」

大久保は、わずかに眉をひそめた。

「そやけど、薩摩の人は、みな西郷さんと言えば親のように慕うやおへんか。あの邏卒さんかて同じどすやろ」

「誰も西郷の恐ろしさを知らんのだ」

大久保の口調には、思いつめたようなものがあった。おゆうは、大久保の顔を見ながら、あらためて不思議な思いが浮かぶのを感じた。近ごろ大久保は、おゆうと寝室をともにしていない。それは構わないが、おゆうは、時々、大久保に違和感を感じることがあるのだ。

今いる大久保が以前の大久保とは、まったく別人である、という違和感だ。

(そんな、馬鹿なことあるはずがない、御前は疲れてはるだけや)

おゆうは、胸の中で疑念を打ち消した。

四

明治六年（一八七三）十月十四日早朝――、空が白み始めたころ、小網町の西郷隆盛の屋敷、中庭で二人の男が木刀を構えて向かい合っていた。浩太と桐野利秋だった。桐野は軍服の上着だけを脱いだ白いシャツ姿で木刀を肩にかつぐように振りかぶっていた。浩太は着物を諸肌脱いで筋肉のたくましい上半身裸で木刀を正眼に構えている。それだけで浩太の体からは汗が流れていた。木刀を構えた手もぶるぶると震え息も荒かった。桐野の目は凄まじく光っていた。小網町の屋敷には桐野や別府晋介《べっぷしんすけ》といった薩摩系近衛士官が詰めており、浩太は何度か別府たちに示現流の稽古をしてもらっていた。

桐野は、そんな様子を見ても鼻の先で笑うだけだったのだが、この日の朝、裏の井戸で水汲みをしていた浩太に、いきなり声をかけて木刀を持たせたのだ。

木刀を持って向かい合った桐野の気迫は、別府たちとはまったく違っている。剣の腕が、どうこうというより、木刀で打ちかかる力を桐野の眼光が奪っていた。

「どうした、かかってこんか」

桐野が腹にひびく声で言った。浩太は木刀を振りかざして打ちかかった。桐野の木刀が浩太の木刀を払った。それだけで浩太は、庭に転がって倒れた。

「そいでん、示現流か」

桐野は木刀を下ろして、ひややかに言った。しかし、次の言葉の方が衝撃的だった。

「お前、この世界の者じゃないな」

浩太は、ぎょっとして桐野の顔を見上げた。

「この世界に来たのは俺だけかと思っていたが、そうじゃなかったみたいだな。お前、加納課長の息子じゃないか」

いつのまにか声が変わっていた。

今まで桐野利秋だと思っていた男が、突然、違う話し方になったので浩太は混乱した。

「あんたは、やっぱり――」

倒れた浩太は、あわてて木刀をにぎりなおした。

「そうだ、お前が知っている男だよ。お前は、あの時、交差点の近くにいた高校生の一人だな。加納課長に似た高校生がいると思った。お前は知らないだろうが俺は加納の部下だったころに警視庁に親父を訪ねてきたお前を見かけたことがある」

桐野は、にやりと笑った。

「だが、お前も、この世界に来ているということは――」

桐野は何か考えこむようにつぶやいた。

「おはんら、朝っぱらから、何をしちょる」

縁側に黒の紋服、島津家拝領の丸に十字の紋が入った羽織を着た西郷が立っていた。

「きょうは廟議ごわんで、出仕しもす。市蔵どんな、供をしてたもんせ」

西郷に言われて浩太は、あわてて着物の袖に手を入れた。出仕する西郷には、書生の小牧新次郎が供をするのが、いつもの事だった。浩太を供に加えたのは、桐野の様子に異様なものを西郷が感じたためかもしれない。廟議に向かう西郷の表情には珍しくいら立ちがあった。

西郷を遣韓使節とすることは、すでに内定している。岩倉使節団が帰国してから正式決定するだけだった。それが九月に岩倉たちが帰国してからも廟議は一日延ばしにされていっこうに開かれなかったのだ。その間、大久保は五月、木戸は七月に帰国していたが病気などを理由に休暇をとって政府に出てこようとはしなかった。

大久保が出てこない理由は西郷には、わかっていた。

（江藤新平が参議になったのが気にくわんのじゃ）

一方、木戸は留守中に長州閥の井上が政府からたたき出され、山縣も辞職寸前まで追い詰められ、さらに腹心の槙村京都府参事が小野組転籍拒否事件で拘禁されたことを知って対応に苦慮しているのだろうと思った。あるいは、長州閥が何かを企んでいるのかもしれないと思った。

廟議は、午後一時から始まった。長州閥の木戸孝允は病気を理由に欠席していた。西郷はテーブルについた大久保を見て眉をひそめた。

日ごろから蒼白な大久保の顔色が、さらに青ざめて、緊張した表情をしている。

（一蔵どんナ、様子がおかしい）

西郷は、ただならぬものを感じた。


翌日の昼過ぎ、浩太は赤坂氷川町の勝屋敷を訪れた。征韓論争について舜とともに勝の意見を聞くためだった。この日、美樹は邸を出られず来ていなかった。海舟の書斎で浩太は勝たちに、桐野利秋は飛鳥磯雄だったと話した。

「桐野って言えば人斬りで有名な男だね。おいらのところにも土佐の岡田以蔵っていう人斬りがいたが維新前に土佐の牢屋で死んじまった。人斬りは偉くなっちゃいけねえよ」

勝は、苦い顔で言った。

「飛鳥は何をするつもりだろう」

舜がつぶやいた。

「飛鳥は世の中を恨んでいた。西郷さんをかついで反乱を起こして復讐するつもりだ」

浩太は腕を組んで言った。

「西郷が桐野にのせられるとは思えねえがな」

勝は、ちょっと考えるような目になった。舜は膝をのりだして、

「勝先生、僕たちの時代には西郷さんは岩倉使節団の外遊中に征韓論を唱え、帰国した

大久保たちが内治優先を主張したため征韓論争に敗れて下野したという風に解説されているんです。西郷さんが外征派で、大久保さんが内治派ということになっているんですが本当はどうなんですか」

「ははっ、とんでもないことを言うね。朝鮮を攻めて、どうなるものかね。幕末のころからおいらや西郷の旧主の島津斉彬《しまづなりあきら》公が心配してきたのはロシアの南下だよ。ロシアは、いずれ朝鮮に手を伸ばし日本を脅かすだろう。それをさせねえためには日本と清国、朝鮮が三国同盟を結んでロシアを防がなくちゃならねえ。世間が騒いでいる征韓論は朝鮮が無礼だから戦にしちまえとかいう、無頼の喧嘩沙汰みたいな話だが、西郷は三国同盟を結ぶために、まず国を開かせる交渉をしに行こうってことだ。味方につけようという相手と戦になるような下手な真似を西郷がするものか」

勝は、面白そうに言った。

「それなのに、なぜ西郷さんは戦を起こすと思われているんですか」

舜は首をひねった。

「さあてね、こんな西郷の腹芸は幕末のころは、よくやったもので珍しくもねえさ。そんなことは大久保や岩倉、木戸たちは先刻承知のはずだ。それなのに急にとぼけ始めたようだな。どうしたことかね、おいらみたいな正直者には、とんとわからねえな」

勝は、煙管を噛みながら、

（そうか、長州の利口者が陰で動いていやがるな。西郷も気をつけねえと、とんだ罠に

はまるかもしれねえ）
と胸の中でつぶやいていた。

遺韓使節をめぐる廟議は、この日も開かれていた。前日、遺韓使節派遣に猛反対した大久保と激論した西郷は、言うべきことはすでに言ったとして、この日は出席しなかった。

大久保は前日に続いて反対論を述べたが江藤の舌鋒は鋭かった。しばしば追い詰められた大久保は眉間にしわを寄せて黙り込んだ。板垣退助、副島種臣《そえじまたねおみ》も西郷支持の態度を変えず、やがて三条と岩倉が協議して裁断し、使節派遣は全員一致で決定した。その瞬間、日ごろ冷徹な大久保の顔が、さっと赤みをおび、やがて蒼白になった。

会議の席を立つ大久保の表情は何事かを決意したように厳しかった。征韓論争において西郷は敗れたとされているが実は論争そのものは西郷の勝利だった。

幕末以来、初めて敗北した大久保は十七日になって参議の辞表を提出した。

この日、夕方になって西郷は太政官から小網町の邸に戻ってきた。大久保の辞表提出は聞いていたが、顔色に変化はなかった。いつもの絣に着替えた西郷は庭に面した縁側に出た。庭には浩太がひかえていた。

「市蔵どん、どげんしやった。考え込んだ顔ばしちょるぞ」

西郷は縁側にあぐらをかいて座った。夕日が西郷の顔を赤く照らしていた。

「世間で遣韓使節は戦のために行くのだと言っていますが。本当でしょうか」

浩太は、思い切って訊いてみた。勝の話は聞いたが西郷の考えは西郷本人に聞くのが一番、確かだと思ったからだ。西郷は、にこりと笑った。

「おいの意見は始末書として政府に出してある。そのまんまじゃ」

始末書の中身を知らない浩太は黙ってうなずくしかなかった。西郷は、そんな浩太に話してやる気になったようだ。

「おいは戦をせねばならん時は戦をする。だが戦をするなら使節を送る必要はなか、使節を送るのは交誼を深めるためじゃ、裏も表もなか」

とあっさり言った。

「それじゃ――」

浩太が何か言いかけると西郷は手で制した。

「じゃっどん、いつも戦にせんで国の交わりができるもんでもなか。おいは、その時のことを考えて征韓論を唱える人たちの元気を抑えんとじゃ」

「では朝鮮以外と戦をすることがあるんですか」

浩太は、つばを飲み込んだ。

「たとえばロシアじゃ。いずれロシアとはぶつかることになるかもしれん。そして近いところでは台湾に兵を送らねばならんじゃろう」

「台湾に」

「二年前、琉球の漁民五十四人が台湾に漂着して殺されたことは、おはんも知っとるじゃろう。人民を保護するのは国家の務めじゃ。じゃっどん、どうなることか。大久保さァは薩摩の芋連じゃが、臆病な芋連のごたるなあ」

西郷は、そう言うとごろんと横になった。あるいは、西郷は数日後に訪れる事態の逆転を予感していたのかもしれない。


十八日――、勝の屋敷で浩太は舜や美樹、冬実に会うと西郷が言ったことを話した。

「そうか、西郷は征台を考えているのか――」

舜はつぶやいた。勝は、煙管をくわえて、

「征台に一番熱心なのは副島種臣外務卿でね。副島は三月に清国に全権大使として派遣されて日清修好条規の批准書を交換しているんだが、この時、朝鮮問題と台湾問題での清国側の対応を打診したのさ。清国は台湾を化外の地だと言ったらしい。兵を送っても大丈夫だという感触を得たというわけさ。それに重要なのは台湾で殺されたのは琉球の漁民だったということだよ。幕末まで琉球は薩摩が支配していた。だが今も清国にも朝貢しているという珍しいところでね。政府としては台湾で琉球の漁民が殺された事件の決着をつけることは日本の領土を確定するために必要なのさ。それに琉球のことは薩摩の責任でもあるからね。西郷としては、なんとかしなくちゃならねえのさ」

「西郷が考えているのは朝鮮のことだけじゃないということか」

舜は、うなずいた。勝は、ちらりと舜を見て、

「西郷は清国との修好条規を批准したことで三国同盟を結ぶ好機だと見たんだろう。朝鮮に国交を開かせ、一方で台湾問題も解決して琉球を領土として確定し、清国と領土問題の懸念を無くしたうえで三国合わせて対ロシアの外交をやろうと西郷は思ったのさ」

「もし、そうなっていたら日本のその後の道は大きく変わったでしょうね」

舜は、考え深そうにいった。

「そうかもしれないな。おいらは征韓論争てのは、誰かが仕組んだ田舎芝居のような気がしてきたぜ」

「田舎芝居ですか?」

浩太は首をひねった。

「なんでもいいから留守政府の決めたことを引っくり返したい連中がいるんじゃねえのかね。難癖をつけて話をつぶせば西郷は政府から出ていくだろう。そうなりゃ他の参議連中も一蓮托生さ」

「だとすると征韓論争の狙いは――」

舜が言いかけた時、

「江藤参議を追放することたい」

縁側の障子の外から男の声が響いた。驚いた舜たちが見ると、障子には軒先まで届きそうな大きな影が映っていた。

「なんでえ、お前さん、聞いていたのかい」

勝が、にやりと笑って煙管をたばこ盆の灰吹きでポンとたたいた。浩太が障子を開けると縁側には男が背中をこちらに向けて座っていた。しかも男は梅太郎を肩車している。男の影が軒をつくほど大きく見えたのは、そのためだった。白絣に小倉袴をはいた男は、梅太郎を肩車したまま振り向いた。梅太郎と男は手に白い大福餅を持って、むしゃむしゃと食べていた。男はたくましい体つきで眉が太く黒々とした目が大きい精悍な顔をしている。

年齢は二十一、二だろう。勝に見られて梅太郎は、あわてたように男の肩車から降りると縁側を走り去った。その後ろ姿を見送った男は振り向くと、

「九州、肥後の白川県士族、宮崎八郎です」

と白い歯を見せて言った。

笑うとあたりにはなやかさが漂う美男子だった。

「五日ほど前に腹を減らして門の前に倒れていたから、飯を食わせてやっているんだが、おいらも、とんだ物好きだねえ」

勝は笑って言った。宮崎八郎は、ははっと明るく笑うと勝には構わずに浩太と舜たちの顔を見て、

「僕は三年前から東京に勉学のために出て今は尺振八《せきしんぱち》先生に英語、西周《にしあまね》先生に万国公法を学んでいます。窮迫したところを勝先生にお世話になりました。君たちが未来のこと

を知っていることをはるさんに聞いて、ぜひ話を聞きたい、と思っていました」

とにこやかに言った。

「えっ、冬実ちゃん、またしゃべったの」

美樹が驚いて冬実を見た。浩太と舜も冬実をじろっと睨んだ。

「大丈夫、雷に撃たれた時に未来の世界をのぞいた、って言っただけだから」

冬実は、平気な顔で言った。

「そうたい、僕は君たちの身元のことは訊かんちゅう約束たい。ばってん、未来のことはぜひ教えてほしか。指導者ば、入れ札で選ぶちゅうのは、素晴らしかこッたい」

八郎は興奮すると肥後訛りが出るようだった。

「それより、今、宮崎さんが言われたことですが」

舜が冷静な口調で言った。

「ああ、そのことですか。僕は、留守政府と洋行帰り政府の二つの政府が天下の権をめぐって争っとる、と思っています。見方を変えれば西郷をかついだ江藤と大久保を担ぎ出した長州閥の争いですな。天下分け目の関が原が征韓論争たい」

八郎は、きっぱりと言った。そして勝を見ると、

「どげんですか、僕の見方は間違っとりますか」

と訊いた。勝は、にやにやと笑うだけで別な話をした。

「朝鮮は今、大院君てえのが力を持っているんだが、この大院君が大の攘夷家だ。そん

な攘夷家のあつかいは西郷が幕末にさんざんやったことだ。西郷は朝鮮に行くのに烏帽子、直垂で行くって言ったらしいが、洋服で行かないなんざ、なかなか考えているよ」

　勝は煙草の煙を吐きながら朝鮮の情勢を話した。

「ちょいと前の日本と同じことさ。攘夷、攘夷と騒いでいるうちに朝鮮でも幕府が倒れて西郷のような男が出てくるよ。そいつと話をすればいいのさ」

　勝は、目を鋭くして言った。


　同じころ伊藤博文は馬車を走らせていた。この日の早朝、三条実美が自邸で昏倒し、人事不省になったのだ。三条は連日の廟議に神経をすり減らしストレスが極限に達していた。伊藤は、三条倒れるの報に事態を打開する光明を見出していた。

　伊藤が馬車を向かわせたのは木戸の邸、岩倉の邸、そして大久保の邸だった。

（三条公では、西郷をおさえることはできぬ、岩倉公が代われば道は開ける）

　伊藤は馬車の中でうずくまり策謀にふけっていた。二十日には天皇が三条の邸に行幸して病気を見舞い、さらに岩倉の邸に立ち寄って岩倉に三条の代理をするよう命じた。

　伊藤の策謀は実りつつあったが、後は、どのようにして西郷の使節派遣をつぶすか、だった。

　すでに参議の会議で正式決定した事項を覆す法的根拠はなかった。

　翌日、伊藤は芝西久保の売茶亭《まいちゃてい》で大久保と会った。

同席したのは西郷従道と同じ薩摩の黒田《くろだ》清隆《きよたか》、吉井《よしい》友実《ともざね》。大久保派の作戦会議だった。大久保は固い表情で青ざめて見えた。

「おいに一つの秘策がありもす」

大久保は、ひややかに言った。

西郷が征韓論争に敗れて下野し、東京を去ったのは二十三日のことだった。

この日、岩倉具視は太政大臣代理として使節派遣を非とする自らの意見を奏上して参議会議での決定を無視し、つぶしたのだ。宮廷クーデターともいうべきやり方だった。幕末、大久保と岩倉が組んで朝廷を動かした時を再現した陰謀劇でもあった。西郷に残された道は岩倉が閣議決定を無視した不当を天皇に直接、訴えることだったが、なぜか西郷は、それをしなかった。

二十三日夜、大久保は書斎でぼう然としていた。大久保利通、いや、その意識となっている加納謙司の胸には後悔と自己嫌悪が渦巻いていた。

(大久保利通が西郷隆盛に勝つとは、こういうことだったのか)

それは政争という名にも値しない、卑劣な騙し討ちだった。

謙司は大久保が征韓論に反対し、政争に敗れた西郷が下野したという歴史は知っていたが、細かい動きについては知らない。ただ史実を曲げないように懸命に手を打ってきたつもりだった。その行き着く先が、このような陰謀的な手段だとは思わなかった。

西郷が、そのことを一言も責めずに謙司の顔を不思議そうに見ていただけだったことにも心が痛んだ。

(大久保利通という男は、これほどまでにして、何をしようとしているのだろう)

謙司は、ランプの黄色い明かりがもれる庭を見ながら不安になった。その不安が、日本橋で落雷にあった時、馬車の中から見た男の顔を思い出させた。

大久保利通は五月に帰国すると八月からひと月余り、東京を離れ近畿方面を旅行した。落雷にあったのは東京に戻ってきて二日後のことだった。大久保は日本橋小網町の西郷の屋敷を訪ねようと馬車で向かっていた。ところが天候が悪くなり、あたりが薄暗くなった時、馬蹄の音が響いて騎馬の男が馬車に近づいてきた。

謙司は気がついた時、馬車の中で倒れていた。

馬車は、そのまま麴町三年町の大久保屋敷に戻り、謙司は一晩、介抱を受けた。その間に、馬車に近寄ってきた男が刀を抜いて馬車の窓越しに刺そうとしたことを思い出した。その男は大久保の記憶によれば桐野利秋だった。

桐野は、征韓論に反対しそうな大久保を暗殺して禍根を断とうとしたのだろう。しかし、謙司は騎馬の男が強盗殺人犯の飛鳥磯雄そっくりだったことを思い出していた。

謙司は自分が今どうして、この世界にいるのかは、わからなかった。それでも自分が、この世界に来ている以上、飛鳥も来ているのではないか、と思った。

(飛鳥磯雄が、この世界に来ていれば、私をもう一度、殺そうとするに違いない)

謙司は、冷えてきた夜気を感じて身震いした。おゆうから聞いた益満市蔵という邏卒のことも気になっていた。落雷の前に謙司はパトカーの中から浩太と舜、冬実がいるのを見かけていた。

（もし、浩太がこの世界に来ているとしたら、それは益満市蔵としてだろう）

ということに謙司は確信があった。大久保の声が謙司に、そのことを伝えるのだ。そして益満市蔵という男が危険な立場であることも大久保の声は告げていた。

益満市蔵が西郷に近づけば死ぬことになる。

（益満休之助と同じ運命になるぞ――）

益満休之助を斬ったのは桐野利秋だったからだ。

五

年が明けて明治七年（一八七四）になった。前年十月の征韓論騒ぎで西郷隆盛が辞表を出すと板垣退助、江藤新平、後藤象二郎《しょうじろう》、副島種臣参議も辞表を出した。桐野利秋、篠原国幹《しのはらくにもと》ら薩摩系軍人も大挙して鹿児島に戻り、政府をゆるがしたが、その騒然たる雰囲気も、ようやく沈静化していた。

一月十四日夜、八時ごろ。月の無い真暗な夜道を走る二頭立ての黒塗りの立派な馬車が赤坂喰違門外の土手にさしかかった。馬車の中には紋服に仙台平の袴、腰に脇差をさした五十ぐらいの男がいた。鼻が大きく口をへの字に結んだ気の強そうな顔つきだ。

――右大臣、岩倉具視

だった。岩倉は、赤坂仮皇居を退出して馬場先門の屋敷に戻るところだった。禄高百五十石の貧乏公家の家を継いだ岩倉は、その豪胆さと政治的な機略によって朝廷でのしあがってきた男だ。馬車の中で岩倉は大きなあくびをした。そのあくびをかみ殺す暇もなかった。馬車の前に九人の男たちが駆け寄ってきて、馬車が止まったのだ。

「奸物、岩倉――」

「命をもらうぞ」

黒い影の男たちは、つぎつぎに刀を抜いて襲いかかった。ぎゃあっ、悲鳴をあげて馭《ぎょ》者《しゃ》が斬られた。それとともに馬車の中に白刃が突き込まれた。がちっと音が響いたのは白刃が脇差にあたったためだ。岩倉は、必死で馬車から転がり出た。岩倉を、さらに白刃が襲った。岩倉は浅い傷を負うとともに転び、そのまま、ずるずると堀の中に落ちた。襲った男たちは、一瞬、岩倉の姿を見失った。その時、提灯の明かりとともに何者かが駆け寄ってきた。

「曲者——」

若い男の声が響いた。

——浩太だった。

浩太は紺ラシャの邏卒の制服を着て警棒を持っていた。西郷は東京を去る際、身のまわりの世話をする下僕一人を連れただけだった。西郷とともに東京を離れた近衛の士官たちは大警視の川路を大久保派と見なしていて浩太は置き去りにされたのだ。このため浩太は渋谷金王町の西郷従道の屋敷に戻って半ば従道の書生、半ば邏卒のようになっていた。この夜、浩太は一人で巡邏をしていたが人の悲鳴を聞いて駆けつけたのだ。

その浩太の前に、白刃を持った男たちが立ちふさがった。

「何じゃ、邏卒か」

「邪魔をすると斬るぞ」

男たちは不敵に怒鳴った。提灯の明かりに浮かんだ男たちは、着物に袴をはいている。士族のようだった。浩太は提灯を放り捨てて警棒を振りまわしながら男たちに向かって行った。男たちは、邏卒が向かってくるとは思わず、一瞬たじろいだ。その隙をついて浩太の警棒が二人の男の脛《すね》をはらい、一人の男の胸を突いた。三人の男たちが地面に転がると、

「おのれ――」

他の男たちに怒気が広がり白刃を振りかぶって斬りかかってきた。浩太は、男を突いた警棒を素早く引くと、そのまま体を回転させて、後ろに警棒を突き出した。ぐわっ、のどを突かれた男がうめいて倒れた。浩太は、その男の体を飛び越えて走った。逃げたのではなく、馬車の方に駆け寄ったのだ。しかし、馬車の中には誰もいなかった。

「お前、また会ったな」

闇の中から男の声が響いた。地面で燃える提灯の明かりに男の顔がぼんやりと浮かび上がった。男の顔を見て浩太は、ぎょっとした。

――飛鳥

いや、桐野利秋の顔が、そこにあった。

(桐野は西郷さんとともに鹿児島に帰ったはずだ。なぜ東京にいるんだ)

浩太は、あわてて警棒を構えた。男は、ゆっくりと浩太に近づいてきた。刀を肩にかつぐように構えた。

（違う——）

浩太は、男の顔を見つめて息を飲んだ。男は一瞬、桐野利秋に見えたが次の瞬間には背が桐野よりも低く、ずんぐりした体格で色黒の細長い顔の男に見えた。

天を突き刺すように刀を構えた男の顔は、再び桐野利秋になった。

（どちらの顔が、本当の顔なのか）

浩太は、戸惑いながら警棒を構えなおしたが、その一瞬の隙を逃さず男の刀が稲妻のように斬りつけてきた。刀を警棒で受けようとしたが凄まじい力で弾き飛ばされ浩太は堀へと転げ落ちた。浩太が落ちた水音を聞いて男は、そのまま背を向けると、まわりの男たちに、

「岩倉を斬りそこねたが、肝は十分冷やしてやったろう。引きあげるぞ」

と言って駆け出した。闇の中を走る男の顔は、桐野から、しだいに別な男に変わっていった。浩太は、堀の中で何かにつかまろうと、もがいていた。

「うるさいぞ、賊に気づかれるではないか」

闇の中で不機嫌そうな叱咤の声がした。岩倉が堀の縁の雑草につかまったまま水に体を沈めていたのだ。浩太は、音をたてないようにして声に近づいていった。

岩倉襲撃があってから三日後の十七日、勝の屋敷に浩太と舜、美樹は集まっていた。

この日、勝は参内していて屋敷にはいない。西郷たちが下野した後、政府は空席を埋

めるため新たな参議を登用した。その中で勝は参議、海軍卿に昇格していた。

「勝さんって西郷さんと仲がよかったはずなのに、西郷さんがいなくなった後ですぐに参議になるなんて、どういう神経なのかしら」

冬実は、鼻の頭にしわを寄せて言った。

「冬実ちゃん、勝さんのところに来てから変わったわね」

美樹が、あきれたように言った。

「ええーっ、そうかなあ」

冬実は心外そうだった。

「そうだな、最初のころは大人しくて自信無さそうな子だったのに」

舜も笑いながら言った。浩太は、何も言わずに冬実の顔を見た。

冬実は、舜に言われたためか、顔を赤らめていた。浩太には冬実が変わった理由がわかるような気がしていた。冬実の父親、神代五郎は有名な画家だったが女癖が悪く酒におぼれる放埒《ほうらつ》な生活を続けたうえ、冬実が小学校三年の時に離婚届けをマンションに残したまま行方がわからなくなった。三年後にスペインで放浪生活をしていることがわかった。

しかし謙司の妹で、浩太にとっては叔母にあたる冬実の母は離婚届けをすでに出していた。

高校生になった冬実は父の姓をそのままにしていたが、母親に気を使い笑い声を上げることも少ない大人しい女の子だった。自分を押し殺していたためだろう、精神的に不安定になって何度か高校で倒れたことがある。気分転換が必要だ、と謙司の家から高校に通うことにしたのだ。それから冬実は少し明るくなっていたが、この時代に来て勝の屋敷で暮らすようになって、さらに自信を持って生活できるようになった。

（冬実は甘えていろいろ言うけど、勝さんが本当の親父みたいな気がしているんだ）

勝は女も多いらしいが、鋭い才能を持って自分を偽らずさらけ出して生きている。そんな勝が家族を捨てて外国を放浪している父親に似ているような気がするのだろう。

そう思った浩太は、ふと不安になった。以前、話した時に美樹が、この時代にいたい、と言ったことを思い出したのだ。舜は何も言わないが江藤新平という政治家に会って政治にはまり始めているようだ。

ひょっとしたら舜は、しだいに芳賀慎伍と一体化しているのかもしれない。この時代に、もっといたいと言い出すのではないだろうか。それに加えて冬実までが、この時代に惹かれ始めているとしたら。

（冗談じゃないぞ、元の時代に戻ろうという約束はどうなるんだ）

浩太は腕を組んで三人の顔を見渡した。

「浩太、岩倉襲撃の犯人はつかまりそうか」

舜は浩太の気持に気づかないように言った。

「どうも土佐の連中らしいという話だよ」

政府では事件の翌日、川路を大警視とする警視庁を鍛冶橋の旧津山藩邸に設置し岩倉襲撃の犯人の探索に乗り出した。警視庁は都内を六区に分けて警視庁出張所を置き邏卒の呼称も間も無く巡査に改めた。新しい体制で都内をシラミつぶしに捜索し、やがて、

——元近衛陸軍少佐、高知県士族、武市熊吉ら九人

が犯人として浮かび上がった。

「よかった。八郎さんが、警視庁の密偵につけまわされて困るって言っていたわ」

冬実が、ほっとしたように言った。

「川路大警視の話だと八郎さんは、東京の不平士族の間では結構、有名らしいよ」

浩太は、菓子皿に盛って出されていたカステラをつまみながら言った。

「有名って？」

冬実は、近ごろ八郎のことを聞きたがるようだ。

「政府にとっての危険人物ということさ。八郎さんは若いけど熊本じゃ不平士族の旗頭の一人らしい」

「ふーん、ハタガシラか」

冬実は、わかったのかどうか、感心した顔をした。

「その八郎さんにも関係したことだけど、きょうは皆に話がある」

舜が、真面目な顔になって言った。

「やっぱり——」

浩太は、つぶやいた。え、なんだ、と言う舜に浩太は、

「いや、舜が何か言い出しそうな気がしていたんだ」

そうか、と苦笑した舜は、

「岩倉が襲撃された日の前日に江藤先生が東京を出た。佐賀の士族に不穏な動きがあるから、それを抑えるためだった。歴史では江藤先生は佐賀士族にかつがれて反乱を起こすことになっている。僕は江藤先生を止めたいんだ。八郎さんは反乱を起こさせたくないけど僕が九州に行きたいなら一緒に行ってやると言ってくれている」

「だから、佐賀へ行くっていうのか」

浩太は、むっとして舜を見つめた。

「そうだ」

「それじゃ、皆で元の世界に戻ろうという約束は、どうなるんだ」

舜は、ちょっとためらったが、

「そのことだけど、僕たちがこの世界に来たのは、飛鳥が桐野利秋になる巻き添えだったとしたら桐野利秋が死ぬまで帰れないんじゃないか。桐野が死ぬ西南戦争は明治十年だから、まだ三年ある。僕と浩太は、向こうの世界にいれば、ちょうど大学に行っている期間だ。この時代そのものが大学だと思えばいいんじゃないか」

「なに、勝手なこと言っているんだ。もし舜が佐賀に行って江藤を止めたりしたら、それは歴史を変えることになるじゃないか」

浩太は舜をにらんだ。

「志野舜がやれば、確かにそうだ。だけど芳賀慎伍がやれば違うんじゃないか」

「なんだって――」

「この世界では、僕は小倉士族の芳賀慎伍だ。芳賀慎伍として江藤さんを反乱で死なせたくない。東京に帰ってきてもらいたいんだ」

「そんなことを言っても」

浩太は舜の目が今まで見たことのないほど生き生きと輝いているのを見て、たじろいだ。

「西郷さんや江藤さんが下野すると、すぐに小野組転籍拒否事件で拘禁されていた槇村正直京都府参事が釈放されたことを知ってるか。木戸参議が手をまわして釈放させたらしい。前にも話したと思うけど江藤さんが司法卿の時に出した通達第四十六号は官僚によって苦しめられた人民は裁判所に訴え出よという、すばらしい内容だった。ここまで積極的に人民の権利を守ろうとするなんて、僕たちの時代にも無いじゃないか。僕は、江藤新平という政治家は、もっと日本のために生かした方がいいと思う。僕は芳賀慎伍として自分の考えで動きたいんだ」

舜は、きっぱりと言った。

「だけど、皆おかしいぞ。舜だけじゃない、美樹も冬実も、この世界に、ずっといたいみたいだ。俺は、早く帰らないと親父のことが心配なんだ」

浩太は思わず大声で言った。

「だったら、浩太は桐野を倒せばいい」

舜の目が鋭くなった。

「桐野を倒す？」

「そうだ、僕たちがこの世界に来たのは、桐野を歴史が必要としているからかもしれない。だけど浩太の話だと岩倉を襲撃した男たちの中に桐野に似た男がいたらしい」

「桐野――、いや飛鳥だったと思う。だけど次の瞬間には別な男に見えた。あれは、なぜなんだろう」

「桐野は西郷さんとともに九州に帰ったはずだ。浩太が見たのは飛鳥が憑依《ひょうい》した男じゃないかな」

「ヒョウイ？」

「飛鳥の霊みたいなものが、たぶん主犯の武市熊吉だと思うけど、その男にとりついたんだと思う。飛鳥は、そうやって、この世界に反乱を広げようとしているんじゃないか」

「その飛鳥を倒したら――」

「ひょっとしたら、その時に、僕たちは元の世界に戻れるかもしれない」

舜に言われて浩太は考えこんだ。

「それは、いい考えだな」

障子の外から男の声が響いた。がらりと障子を開けたのは勝だった。

勝はフロックコートを着た洋服姿だった。いつ帰ったのか話に夢中になっていた浩太たちは気づかなかった。

「御前、御着替えを――」

勝の後から四十代のきれいな女性が言った。たみ夫人だった。勝は、いや、こいつらと、ちょっと話したいことがある、と言って、そのまま部屋に入ってきた。たみは、微笑してちらりと冬実を見ると、

「はるさん、お願いしますね」

声をかけて、そのまま奥に行った。冬実は、うなずくと立ち上がって勝の後ろにまわりフロックコートを脱がせた。勝は浩太たちの前にあぐらをかいて座ると、

「きょう、お上から岩倉を襲った奴らの探索はどうなっているってお尋ねがあったよ。大久保が青くなっていたから、今夜の内にも一人や二人はひっくくられるだろうよ。だが、その中に桐野に似た奴はいねえだろう。奴は全国で火をつけてまわるつもりだろう。さしずめ、今ごろは佐賀のあたりが怪しいだろうよ」

「じゃあ、俺も佐賀に行った方がいいんでしょうか」

浩太は身を乗り出した。

「馬鹿いっちゃいけねえ、仮にも、お前さん、新設された警視庁の巡査だろう。巡査が、不平士族の巣窟に顔を出せば火に油をぶっかけるようなもんだぜ」

「では、僕が佐賀に行くことは賛成していただけるんですか」

舜が言った。

「ああ、江藤を死なせちゃ惜しいというのは、おいらも同感さ。もし江藤が佐賀で不平士族にかつがれちまった時には、さっさと負けて東京に自首して出るように言うんだ。その時には、三条か岩倉を頼るんだ。お公家さんていうのは、昔から人を死罪にだけはしないものさ。間違っても江藤を薩摩や土佐にやるんじゃないよ」

勝は、にやりと笑って言った。そして、朝鮮のことも、ちょいと面白くなってきたらしいな、と付け加えた。

「朝鮮が、どうしたんですか」

舜が、はっとして訊いた。

「詳しいことは、まだわからねえが去年の十一月ぐらいに大院君が失脚したらしいのさ」

「それじゃあ、今、朝鮮は——」

「国王の御妃《おきさき》っていうのが、頭が良くて気が強いらしいが、どうやら、その御妃が実権を握っているらしいよ」

釜山の「日本公館」にいる奥義制外務権少録から正式にこのことが伝えられるのは、三月になってからのことだ。それによると大院君は摂政として権力を振るってきたが、国王高宗が成年に達したとして国王親政に切り替えられ、大院君は失脚したという。

これを裏で画策したのは高宗の王妃、——閔妃《ミンピ》だった。閔妃は大院君とは犬猿の仲で、大院君の批判派と手を結んで政変を起こした。この時、閔妃派の重臣は朝議で大院君を前に鎖国政策を批判したという。閔妃は政変後、実家の閔氏一族を政府の要職につけて政権を握った。

「大院君がいなくなると、日本との外交を担当していた役人も入れ替えられたらしいから、ちょいと風向きが変わってきたね」

「それでは朝鮮は開国するんですか」

浩太は首をひねった。

「そう簡単にはいかねえだろう。ただ、政府としてどうするかを見ていりゃ、去年の大騒動の意味が明らかになるだろうよ」

「政治というのは複雑ですね」

浩太が、うんざりした口調で言うと、

「何が正しくて何が間違っているかが一日で変わっちまう。益満の場合もそうだったよ」

「それはどういうことでしょうか」

浩太は、あらためて勝の顔を見た。この世界に来た時から益満休之助のことは気になっていた。益満市蔵にとって大きな意味を持つ人物だということがわかっていたからだ。

「そうか、まだ、お前さんに話しちゃいなかったな」

こう言って勝は益満休之助にまつわる話を始めた。

益満は御用盗だった。と言ってもお前さんたちは聞いたことがないかもしれないがね。幕末に西郷は、江戸をかく乱することを益満に命じた。御用盗と称して江戸の薩摩屋敷を拠点に商家に押し入り金品を奪い、火をつけてまわったのさ。西郷は京で倒幕の密勅を得ようとしていたが、徳川慶喜公は大政を奉還するという逆手に出た。政権を奉還した徳川を討つ大義名分はないから徳川方から手を出させるための手段だったわけだ。案の定、幕府側の庄内藩が薩摩屋敷を焼き討ちしちまった。

これで西郷は徳川と戦に持ち込めたわけだ。益満は、この時、役人に追われて、おいらのところに逃げ込んだ。おいらにも考えがあったから益満を匿っておいたんだが、それが官軍の江戸攻めの時に役立った。幕臣の山岡鉄太郎がおいらの使いとして西郷に会うことができたのは益満のおかげだ。おいらも益満を利用したのさ。おかげで益満は薩摩の中で孤立したらしいがね。

益満は、その後、官軍に加わった。そのままいけば桐野のように陸軍少将ぐらいにはなれていただろうよ。ところが、あることで、そうはならなくなった。

益満は突然、消えちまったのさ。おいらは、相楽総三《さがらそうぞう》の一件のためだろうと思っているよ。

相楽っていうのは江戸赤坂の生まれだ。父親は下総の豪農でね、郷士身分だった。随分と財産家で赤坂に広い土地を買ってね、そこで相楽は生まれたらしい。実家が金持だから相楽は好きな学問だけしていればよかったらしくて二十歳の時には平田国学の塾を開き門人をとったというから早熟だったんだろう。国学派だから、流行の尊皇攘夷にかぶれるのも早くて文久三年（一八六三）には上州赤城山での尊皇攘夷派挙兵に加わり、その後、水戸天狗党の筑波山挙兵にも参加したというから筋金入りの攘夷志士だ。

相楽は慶応二年（一八六六）になって京に上り、このころ益満とも知り合ったらしい。益満の紹介で西郷、大久保らの面識を得たんだな。そして西郷が慶応三年になって江戸のかく乱工作を益満と相楽に命じた。江戸生まれで関東の志士にも顔が広い相楽が役に立つと見たんだろう。相楽は江戸で浪士を集めて益満とともに御用盗騒ぎを起した。薩摩屋敷が焼き討ちされると同志二十数人とともに江戸を脱出して京に舞い戻った。ちょうど鳥羽伏見の戦が始まったころさ。

西郷は再び相楽にあることを命じた。江戸に向かう官軍を先導する先鋒隊を率いてくれ、ということだった。これが赤報隊だよ。官軍に先行し、諸藩の情勢を探るのが目的だった。この時、相楽は民心を得るため年貢の軽減を布告することを建白した。

これに対して新政府は「年貢半減令」を出したらしいな。らしい、というのは後になって政府は、これを取り消すし、そこから相楽の悲劇が始まったからだ。

相楽は、近江から美濃へと隊士二百人を率いて進み、各所で年貢半減の高札を立てた。

このころまで新政府は相楽たち、いわゆる草莽《そうもう》の志士たちを使わなければ徳川に勝てなる。いと思っていたんだろうが、鳥羽伏見の戦いで勝つと諸藩が朝廷につきはじめた。おまけに新政府には金が無かったから年貢半減なんて、とんでもねえということにな

情勢が変わると相楽が邪魔になってきたのさ。

そこで赤報隊は民から金品をまきあげ、乱暴狼藉を働く無頼浪士の集まりだという悪評を流した。相楽は金に不自由したことのない豪農の息子だから無頼の振る舞いなど身に覚えがないと弁明した上で信州に入った。

そして、ここでも年貢半減の高札を立てた。新政府の雲行きが変わっていることはわかっていたんだろうが、根っからの勤皇の志士である相楽には、自分のしていることが間違いだとは思えなかったんだろう。赤報隊にしても急ごしらえの官軍よりは規律も厳しく、農民に乱暴するなんてことは無かったらしいからな。しかし新政府は、これを機に相楽を切る腹になったようだ、赤報隊を「偽官軍」だとして捕縛を命じた。捕らえられた相楽は明治元年三月に信州下諏訪の刑場で斬首された。

この時、益満は信州に走ったらしい。御用盗での同志だった相楽が偽官軍として斬られるのを見るにしのびないで助けようとしたんだろう。ところが益満は下諏訪に着くことができなかった。途中で、密かに斬られたんだ。益満ほどの豪の者を斬ったのは桐野利秋だろうという話だ。もともと、このころの官軍の総指揮は西郷だった。益満の動き

が官軍のためにならねえと思えば、西郷が黙っていても桐野が動くという仕組だったからな。

「じゃあ、相楽総三を偽官軍にしたのは西郷さんなんですか」

話を聞き終えて浩太は、呆然とした。

「お前さんたちは、西郷という男の表の顔しか見ていないのさ。あの男は幕末の血みどろの動乱をくぐり抜けてきた。必要だと思えば、どんな非情なことでもやってのけるのさ。おいらの弟子だった坂本竜馬が殺されたのも薩摩の手が動いたってえ話がある。ひょっとしたら、そうかもしれねえよ」

黙っている浩太を見て勝は微笑した。

「どうした、興ざめしたかい。やらなくちゃならねえ、と思ったら、泥に汚れることを怖れねえ男の腹のうちは、まだお前さんたちには、わからねえだろうな」

勝は煙管をくわえた。

――**西郷は、おいを育ててくれた休之助さァの仇じゃ**

浩太の頭の中で益満市蔵が、うめくように言った。

市蔵の幼いころの記憶が浩太の中で甦った。母は畑に出て働いていた。色白で体は強くない女性だった。畑を耕すと顔が青ざめ、しばらく寝込んだ。市蔵は幼少のころから母を助けて働いた。貧しく辛い暮らしが続いた。そんな中で若い侍が訪ねてくることだけが母に明るさをもたらした。侍は、母の従兄弟の休之助だった。休之助は土産を持ってくると野良仕事を手伝い、浩太には剣の稽古をつけてくれた。母を励まして、

「おいは御国のために、一生懸命、働きもす。そうすれば褒美もいただけるじゃろう。そん時には、市蔵を藩士として引き立てもすで」

とにこやかに言った。その休之助が戊辰の戦で死んだと聞いた時、母は病の床に伏し、亡くなる前、市蔵に、

「休之助さァの仇を討つのじゃ」

と言い残した。休之助が桐野に斬られたらしいことを知ったのは東京に出てから間も無くのことだった。薩摩の郷士だった邏卒には御親兵となった城下士への反発があり、中でも成り上がりの桐野を憎む者は多く、市蔵に秘事をもらしたのだ。

(そうか、益満市蔵は桐野利秋を仇と狙っていたのか)

浩太は飛鳥との戦いは避けられないのだ、と思った。


舜が佐賀に向かったのは二月に入ってのことだった。

出発が遅れたのは、一緒に行く八郎が岩倉襲撃事件の関連で横浜で逮捕され、取り調べを受けたからだ。八郎が無事、釈放された時には佐賀県士族が二月一日、城下の政商、小野組の事務所を襲って金品を奪ったという情報が東京に伝わってきた。

舜と八郎は、あわてて横浜から汽船に乗った。船中二泊して神戸まで行き、さらに神

戸で博多行きの汽船に乗り換えた。乗客が混みあって蒸し暑い三等船室で八郎は政府のやり方への憤懣を舜に話した。

「佐賀で騒ぎが起こったというが、まだ反乱かどうか、わからん。それなのに東京政府では、ただちに鎮圧の準備を始めたらしい。噂では大久保が軍の指揮権、行政権、司法権を握って自ら九州入りするらしい。一人の男が三権を握るとは、文明国のやる事じゃなか。大久保は佐賀の騒動を利用して、この国の独裁者になるつもりたい」

舜も目を光らせてうなずいた。

この日は十三日だった。偶然だが、この日、江藤新平は佐賀に入って反乱を起こした佐賀士族の指揮を執っていた。

（もしかすると間に合わないかもしれない）

舜は、不安になった。それとともに、東京を出る前に訪れた美樹のことを思い出した。

美樹は、江藤の屋敷に一人残っていた舜を訪ねると、玄関横の小部屋で話した。

美樹は元の世界で、取り立て屋の男に乱暴されたことを告白した。

「ごめん、今まで話せなかったけど、舜君が危ないところに行くって聞いたら、今しか話せないと思ったの」

美樹は、うつむいて言った。舜は、美樹の白いうなじが目に入って、どきっとした。

美樹の話の内容にも動揺していた。この世界に来てから美樹のことを考えてやれなかった、と後悔がこみあげた。美樹が借金の取り立て屋の男に乱暴されたことを浩太には話していたと聞いて複雑な思いがした。

――嫉妬だろうか
「舜君、帰ってくるよね」

美樹は思いつめたように言った。

「帰ってくる」

舜は美樹の肩を抱いた。

汽船が大きな波に揺られるつど舜は美樹のことを思い出していた。

同じ夜、東京、赤坂氷川町の勝海舟の屋敷で勝は遅い夕食を食べていた。傍に冬実が座って給仕をしていた。勝は、あまり酒を飲まない。食事も質素なもので満足した。

「どうした、おはる、佐賀に行った奴のことが気になるかい」

勝は箸で焼き魚の身をむしりながら言った。

給仕をしながら、どこか、ぼうっとしていた冬実は、はっとした。

「いえ、そんなことはありません」

「ほう、そうかい、芳賀慎伍のことを考えているのかと思ったよ」

勝は、くっくっと笑った。

「芳賀さんじゃないんです、八郎さんなんです」

冬実は、思わず言ってしまった。それを聞いて勝は、

「なるほど、若い娘は油断がならねえな。もう、乗り換えたかい」

と言ってあきれたように冬実を見た。

「そんなんじゃありません」

「あの男は、いい奴だが、惚れるのは、よしたがいいね。坂本竜馬もあんな風で、女に騒がれ、仕事も出来たが、とどのつまりは、早死にしちまったよ」

「八郎さんは死ぬんでしょうか」

冬実は青ざめた。

「そいつはわからねえが、生き残るのは、おいらみたいな腹黒い奴さ」

勝は、箸を置くと、

「そう言えば、死んだおいらの親父は小吉っていって剣術はできたが箸にも棒にもかからない道楽者でね、親戚中の鼻つまみ者だった。それが、どういうわけだか、火消しや、ばくち打ち、吉原のやり手婆なんて、この世の塩辛さをさんざん舐めたような連中には人気があってね。今でも親父を覚えている爺、婆連中はおいらより親父の方が偉かったなんて臆面もなく言いやがるよ」

と苦笑した。

「お父さんが好きだったんですね」

「さあてね、ただ親父はどこか心の一ヶ所が汚れていねえ、真っ白なところがあったよ。親父なんて、道楽者でも、そんなとこがあればいいのかもしれねえな」

勝は、しみじみ言った。

六

渋谷金王町の西郷従道の屋敷で、書生や女中たちが興奮した様子で何事か話していた。

すでに四月下旬になっている。佐賀の士族三千人は反乱を起こして佐賀城を占拠したが、大久保は、ほとんど同時に兵を率いて九州に入った。江藤新平は、反乱を起こして十日後の二月二十三日には佐賀の戦線を脱出し、薩摩に向かった。しかし西郷の決起をうながすことは出来ず、江藤は、さらに土佐に向かったが捕縛された。江藤は、佐賀に移送され佐賀城で開かれた裁判で死刑を宣告され、即日、処刑された。

四月十三日のことである。それも除族、斬首のうえ、

――さらし首
という、むごたらしい処刑だった。

「これが江藤前参議か」

書生が、声をひそめて言った。別の書生が手にしている一枚の写真に見入っていた。

「ああ、ちかごろ東京のあちこちで売られておる写真だ」

眉が太く小太りの書生が自慢気にいった。それは、江藤のさらし首の写真だった。

「大久保参議が写真師に撮らせて、ばらまかせているという噂じゃが、本当じゃろうか」

　痩せた書生が小声でいった。佐賀の乱を鎮圧した大久保は四月二十四日に東京に戻ってきた。それから江藤のさらし首写真が、ばらまかれたという噂だった。

「残酷だわ」

　傍にいた美樹が青ざめてつぶやいた。江藤を東京に連れ戻すと言って佐賀に向かった舜からは、その後、何の連絡もない。佐賀の乱では江藤ら首謀者十三人が死刑になっている。

（まさか、舜君も、その中に入っているんじゃ）

　美樹は心配だった。佐賀で開かれた裁判は、雄弁家の江藤に反論の余地も与えず、迅速に死刑判決を言い渡したという。反乱を起こす者はこうなるという、見せしめのような裁判だった。

（浩太君が舜君に会えるといいけど）

　浩太は、今、西郷従道の警護役として九州に行っていた。

　従道は長崎に、

　――征台
の準備に行くのだという。

　美樹は知らないが、この時より十日ほど前、浩太は佐賀で舜と会っていた。

四月十五日深夜――

佐賀城下で大久保が宿舎にしている宗龍寺に軍服姿の西郷従道が入ってきた。

従道が寺の玄関から上がっていくと浩太は門前に出た。浩太も仮に陸軍の軍服を着て、手には銃を持っている。白々と明るい満月が夜空を照らしていた。門の前で警衛として立っていた浩太は、何かの物音を聞いて身構えた。

――浩太じゃないか

闇の中から若い男の声がした。浩太は、目を見開いた。

「舜か？」

闇の中から袴姿の舜が手に袋に入れた刀を持って出て来た。

舜は東京を出た時よりも痩せ、衣服は埃に汚れていた。浩太は舜に駆け寄ると、あわてて門内に引っ張っていった。

「大丈夫なのか、佐賀の乱の残党狩りは、まだ続いているんだろう」

「僕は小倉士族だから平気だ。政府軍には小倉士族も志願して加わっているから、僕も、その中に紛れこんでいる」

舜は、疲れた声で言った。

「じゃあ、なぜ、今ごろここに来たんだ。俺が佐賀に来るなんて、知らないはずだろう」

「大久保を斬ろうと思った」

舜は青ざめた顔でつぶやいた。

「なんだって――」

浩太は、ぎょっとした。

「おととい、江藤先生が処刑されて、さらし首になった。さらし首なんて、今の法律には無い刑罰だ。裁判も弁明をさせない暗黒裁判だった。こんなのは裁判じゃない、公開された殺人だ。僕は大久保という男が許せない」

舜は、歯を食いしばるようにしていった。浩太は背筋がぞっとした。

舜は熊本で決起する兵を集めるという八郎と博多で別れて一人で佐賀に入った。

地理がわからない舜は野宿しつつ、ようやく二月二十日になって佐賀城に着いた。佐賀城はいったん熊本鎮台の政府軍が入っていたのだが、反乱軍はこれを攻撃して追い出し、代わって入城したのが十八日のことだった。

――江藤新平書生
と名のる舜が、あっさり城内に入って、江藤の前に出られたのは佐賀士族たちが戦勝に気を良くして、意気軒昂だったからだろう。しかし、十九日、博多湾に大久保を乗せた汽船が到着していた。大久保は、ただちに福岡城に入って佐賀鎮圧の作戦に取り掛かる。

野津鎮雄少将が率いる政府軍千三百人は、その夜の内に佐賀へ向かった。

この夜、佐賀城内の本営で遅い夕食をとっていた江藤に、舜は懸命に東京へ戻るように説得した。勝が三条か岩倉を頼れと話したことを言うと江藤は、かすかに眉をあげた。

「勝は、私が大久保に負けると思っているのか」

江藤は吐き捨てるように言った。そして舜を見て微笑すると、

「君の言うことはよくわかったが、戦は、もう始まったのだ。後は勝ち抜くしかない」

と言って飯を食べつづけた。舜は唇を噛んで江藤を見た。

（こうなったら、負けそうになった時に東京に行くよう言うしかない）

しかし、翌朝早く城内に政府軍が田代、三瀬峠から攻め寄せているという情報が入った。

佐賀平野の街道をおさえていた反乱軍とただちに戦闘が始まり、江藤も午後には城を出て前線に向かった。舜も仕方なく反乱軍の一兵士として江藤に続いた。

激戦は二十三日まで続いたが、政府軍は後続部隊が続々と到着して増強され、反乱軍は押されてきた。この日の夜、不意に本営に戻った江藤は、

――佐賀を脱出する

と言い出した。まだ、戦いは続いている時に主将が戦線を離脱することは、

――卑怯

と言われても仕方がない。しかし、江藤は政府軍のあまりに速い動きを見て当初の計画が挫折したと思ったらしい。佐賀での反乱に見切りをつけて薩摩や土佐に決起をうな

がすつもりのようだ。舜は鹿児島に行っちゃだめだ、と口にしそうになったが、黙った。反乱軍の参謀たちに取り囲まれた本営で東京行きを言うわけにはいかなかった。

江藤は数人の幕僚とともに城を出ると城下の染物屋に入った。染物屋は、戦騒ぎで無人だった。江藤は店先の床几に腰掛けると、一人の男を馬で近くの海岸に走らせた。

漁船を調達して有明海から船で脱出するためだった。床几に腰掛けた江藤に、舜は再び鹿児島ではなく東京に行くべきだと言った。

「西郷は、決して立ちません。鹿児島へ行くのは時間の無駄です」

舜が断言すると江藤は不思議そうに舜を見た。

「君は若いのに、なぜ、そんなに先のことを断言できるのかね」

それは、と言いかけて舜は口ごもった。

(本当のことを言うしか、この人には、わかってもらえない)

舜は、自分が未来から来たことを話そうと決意した。しかし、舜が口を開く前に、

「おはん、政府の密偵じゃないか」

染物屋の奥から男の野太い声がした。舜がはっとして見ると、染物屋の中から黒い影が出てきた。月明かりに浮かんだ男は、笠をかぶり、筒袖の着物、股引姿で農民のようだったが腰に兵児帯を巻いて刀を差している。

笠をちょっと上げた男の顔を見て舜は思わず、

——飛鳥

とつぶやいていた。男は、舜のつぶやきを聞き逃さなかった。

「お前も、あの世界から俺と一緒に来たのか」

男は、にやりと笑った。舜は男の言葉を聞いて男が飛鳥、桐野利秋だとわかった。

江藤は、二人が何の話をしているのかわからず、

「芳賀君、どうしたんだ。この人は薩摩からの密使だ。この人が、私に薩摩に来るように勧めてくれたのだ」

と、舜の顔を訝しげに見て言った。

「先生、こいつは、僕たちが落雷にあった時に騎馬で通りがかった男です」

舜は桐野という名前を出さずに言った。

「わかっている。その時、この人は大久保を斬ろうとしたのだ。私にとっては、同志だ」

江藤は、うなずいた。

(そうか、桐野は西郷を動かすために佐賀士族を唆《そそのか》して乱を起こしたのか)

舜は、桐野をにらんだ。

「なんだ、その目は。やはり政府の密偵だな」

桐野は、つめたく笑うといきなり刀を抜いた。

そのまま袈裟がけに舜に斬りつけた。危うく転がってよけた舜は起き上がると、さっと刀を抜いた。しかし刀を構えると桐野の姿が何倍にも大きく見えた。

額から汗が出て、腕がこわばった。恐怖感が腹の底から、こみあげてくる。

「桐野君、待ちたまえ。芳賀君は将来、国家有為の若者だ。彼とはここで別れるから見逃してくれ」

間に入った江藤が、きっぱりと言った。そこに馬に乗った男が戻ってきた。

「先生、船の用意ができました」

男が言うと江藤はうなずいて舜を見た。

「芳賀君、残念だが、ここで別れよう。私は、やはり薩摩に行って決起を求める。東京に出て三条さんたちを頼れば、結局は大久保に屈することになる。私は命ある限り、大久保には屈しない」

江藤は、にこりと笑うと背を向けた。

「先生――」

舜は、闇の中に消えていく江藤の後ろ姿を立ち尽くしたまま見送った。

そのまま、舜は佐賀に潜伏し、江藤が捕縛されてからは裁判の成り行きを見守っていた。裁判になれば江藤が政府の非を容赦無く批判するだろうと思った。

ところが意外なことに裁判は三回の審理だけであっさり判決が言い渡された。

江藤を東京で裁判にかければ、その雄弁でひっくり返されることを心配した大久保の措置に違いなかった。

（大久保が東京を出る時に司法権まで預かってきたのは、最初から江藤新平を殺すつも

りだったからだ)

そう思った舜は大久保を狙って宿舎を見張っていたが、そこで浩太を見かけ思わず声をかけたのだ。

「僕は大久保を殺すつもりだった」

舜は、ぽつりと言った。浩太は、そんな舜を見て何も言えなかった。浩太が知っていた舜は秀才で何事にも距離を置くようなクールさがあった。その舜が江藤の死で大久保を斬ろうと思うほど思いつめたのが不思議だった。

(舜は、この時代に来て、何か大事な物を見つけたのかもしれない)

浩太は、瘦せて目が鋭くなった舜の顔をあらためて見つめた。

舜が声をひそめて訊いた。

「西郷従道が台湾に出兵するというのは本当か」

「そうらしい、長崎から汽船で行くそうだ。佐賀に来たのは大久保と台湾のことを打ち合わせるためみたいだ」

「浩太は、おかしいと思わないのか」

舜の声が鋭くなった。

「えっ、何が」

「去年の十月に征韓論に反対するっていうことで西郷さんたちを政府から追い出したばかりじゃないか。その時は外征するような金はない、内治を進めるのが先だと言い張ったのは誰だ。それから、まだ五ヶ月だぞ。それなのに、もう台湾に軍隊を送るなんておかしいじゃないか」

舜に問い詰められて浩太は顔をしかめて黙るしかなかった。

「浩太――」

舜は何かを言いかけて口を閉ざした。

「なんだ、はっきり言えよ」

「浩太、驚くなよ」

舜の表情には悲痛なものが浮かんでいた。浩太は、不安が胸をよぎるのを感じた。

「僕は、きのうから、この寺の近くで大久保の出入りを見張っていた。大久保は護衛を連れて毎日、歩いて城に行く。僕は山高帽子に洋服の大久保を見たんだ」

「大久保を見たのか」

舜は、ちょっと口ごもったが、思い切ったように、

「大久保利通の顔は浩太の親父さんにそっくりだった」

「まさか――」

浩太は、息を飲んだ。

「僕もまさかと思った。だけど、考えたら雷に撃たれた時、僕たち四人と飛鳥、それに浩太の親父さんもいた。馬車に乗っていたのが大久保利通だとすれば大久保が意識を失ったままだと歴史が止まる。浩太の親父さんが代わるしかなかったのかもしれない」

「嘘だ。親父が大久保利通だなんて、そんなはずはない」

浩太は、思わず声を大きくした。舜が浩太の口を押さえた。

「信じたくないとは思うけど僕は、はっきり見たんだ。そして、悪いけど、こう思った。大久保が西郷を裏切ることができたのは、浩太の親父さんが大久保になっているからじゃないかって」

「なんだと、親父だから冷酷なことができたっていうのか」

浩太は舜をにらんだ。舜は、すっと浩太から離れた。袋に入れた刀の柄のあたりを手で握っている。

「もしかしたら、大久保利通がしそうなことをやっているだけかもしれない。だけど、僕たちは、この時代に来てからも自分の考えで動いているじゃないか。浩太の親父さんだって同じだと思う」

「違う、親父は大久保みたいな人間じゃない」

浩太は怒鳴るように言った。

「そうかな、自分で確かめた方がいいんじゃないか。どっちにしても僕は今の大久保利通という人間を許せないんだ」

舜は、背中を向けて闇の中に歩いていった。

「舜、待てよ」

浩太が舜を追いかけようとした時、寺の玄関の方で人の話し声がして、誰かが出てくる気配がした。はっとして振り向くと玄関には従道が出てきていた。

従道は部下とともに玄関から石畳に下りると門のところにいる浩太をじろりと見て、

「何をしちょるか。もうお暇すっぞ」

と言うと足早に歩き出した。浩太は、あわててついて行きながら、振り向いて寺を見た。

（この寺に本当に親父がいるんだろうか）

すでに灯りが消えた寺は黒々と静まりかえっていた。

従道は軍艦を率いて長崎に向ったが、その前に鹿児島に寄っている。浩太は軍艦から降りることを許されなかったから知らなかったが、従道は兄の隆盛に会いに行ったようだ。

従道が鹿児島に行ったのは台湾に行く兵を薩摩からも募集するためで、隆盛もこれを快諾した、ということだった。

（どういうことなんだ。征韓論騒ぎの時、従道は大久保側について西郷さんとは仲たがいしたと聞いていたのに）

浩太は首をかしげた。疑問は長崎についてからも続いた。従道が長崎で大隈重信とともに出征の準備をしている間に東京の三条太政大臣から、

――征台中止

の命令が届いたのだ。アメリカ公使が征台の輸送にアメリカ汽船を使うことを拒否しているという理由だった。征台については政府内にも反対が強く、木戸孝允は、不快感を示して参議を辞職しそうだという。山縣有朋も反対で征台について長州閥は反対という形勢になっていた。東京からの中止命令が届いたのは四月二十五日だった。

しかし従道は、翌日には軍の一部を台湾に向けて出発させた。

――独断だった。

浩太は汽船に寝泊りしているため、長崎の宿舎に入った従道の動きはよくわからなかったが茫洋として温厚な従道が独断で外国へ軍隊を派遣するとは信じられない気がした。

さらに五月四日には東京から大久保も長崎に来て従道、大隈と対策を協議した。

だが、すでに軍のほとんどを出発させている以上中止は現実的に無理だった。

大久保は従道の独断を了承した。従道は五月中旬、自ら六百人の兵とともに汽船で台湾に向かった。すでに出発した兵と合わせると台湾に攻め入る遠征軍は三千人余りになる。

(朝鮮に西郷さんが使節としていくことだけでも反対したのに、こんなに強引に台湾を攻めるなんておかしい。この国は変だ)

浩太は汽船の甲板から海を見ながら、舜が従道の独断専行を知ったら、なんと言うだろう、と思った。浩太が舷側《げんそく》によりかかって、ぼんやりしていた時、誰かが、肩をポンとたたいた。振り向いた浩太の前に軍服姿の宮崎八郎が、にこにこして立っていた。

「佐賀の乱は簡単につぶれて面白くなかったから志願兵として台湾に行くことにしたよ」

八郎は白い歯を見せて笑った。

従道が先発させていた軍艦のうち「有功」は五月六日、「日進」「孟春」「明光」「三邦」は二十二日に台湾西南部に到着、上陸した。従道の「高砂丸」も二十三日に入港した。

従道は琉球漁民を殺害したとされる牡丹社の討伐を翌日から開始、六月一日には総攻撃を行った。牡丹社は砦にこもったものの火縄銃程度の武器しかもたず、連射ができるガットリング砲や大砲を装備した日本兵の攻撃には、ひとたまりもなかった。

数日で牡丹社は抵抗を止め、降伏した。

しかし、日本軍は、これで撤退するというわけにはいかなかった。清国は台湾を「化外の地」としていたが、日本が実際に台湾に対して軍事行動を起こすと態度を硬化させ、日本との戦争も辞さない雰囲気になってきた。

日本は柳原前光《やなぎわらさきみつ》全権公使を北京に派遣し、逆に清国に謝罪と賠償を求めたが交渉は難航した。この間、台湾に留まり続けた日本兵を悩ませたのはマラリア、赤痢などの病気の流行だった。台湾での戦闘による日本兵の死者は十二人だったが病気での死者は五百六十一人にのぼることになる。

清国との長引く交渉に業を煮やした大久保利通は九月になると自身で北京に出向いた。大久保は清国の宰相李鴻章《りこうしょう》と驚異的な粘り強い交渉を行った。

清国が五十万両の賠償金を支払うことに同意したのは十月三十一日のことだった。

浩太が東京、赤坂氷川町の勝屋敷にふらりと現れたのは、翌明治八年（一八七五）七月のことだ。

絣の着物に袴、下駄履きの浩太は黒く日に焼けていたが頬がこけて少し痩せていた。

浩太が玄関に立って案内を請うと書生の後ろから、どたどたと冬実が走って出てきた。

冬実は、

「浩ちゃん――」

と言っただけで声をつまらせて涙ぐんだ。

台湾から撤兵し浩太が東京に戻ってきたのは五月下旬のことだ。

「台湾ではマラリアにやられちゃったよ」

浩太は冬実に笑いかけた。冬実は、うなずくと、

「勝さんは、今、お客さんが来ているけど、構わないから上がりなさいって言ってたわ」

と言った。浩太が言われるまま奥の座敷に行くと、そこには勝の他に二十七、八の粗末な衣服の男がいた。もじゃもじゃの髪で朴訥な顔の風采の上がらない男だが丸い目に

理知的な光があった。

浩太が手をついてあいさつする間、男は面白そうに浩太を見つめていた。冬実が浩太の茶を持ってくると、そのまま座敷に座ってしまった。

「久しぶりだったな、台湾で少しは苦労したかい。若い時は血の小便が出るほど苦労するのも修行ってもんさ」

勝は、にこやかに笑って言った。しかし、勝は去年の八月に征台に反対して参議、海軍卿を辞職している。浩太は勝から台湾に行ったことを叱責されるかと思ったが、勝はそのことにはふれずに、

「この人は元老院権少書記官の中江篤介《とくすけ》という土佐の人だよ。十六、七のころには、竜馬に煙草を買いに走らされたりしていたらしいが、今ではフランス帰りの新知識さ。号は兆民というらしい」

と男を煙管でさした。後に自由民権運動の理論的指導者となり「東洋のルソー」と呼ばれる中江兆民だった。兆民は頭を下げて、中江です、と言った。浩太もあわてて、

――警視庁巡査、益満市蔵です
と、あいさつした。中江兆民という名は聞いたことがあるような気がしたが思い出せなかった。

（舜なら知っているんだろうが）

そう思うと去年、佐賀で別れた舜は、どうしているだろう、と思ってさびしくなった。

「ところで先日の一件はどうなったい」

勝は兆民の方を向きながら煙管をくわえた。

「ああ、勝先生を通じて島津久光様に差し出した政治改革の策論一篇のことですか」

兆民は、はっはっはと笑うと、島津様は論はいいが実行が難しいと仰せでした、と言った。

「ほう、実行がね」

「はい、それでわたしは、ちっとも難しいことはない、島津様が西郷を呼び出して上京させ、近衛兵を奪って太政官を囲ませたら、ことは成功します、と申し上げました。そうすると島津様は、自分が命じても西郷は動くまいと言われたから、それなら勝先生を西郷のところに行かせればよろしい。西郷は、必ず出てきます、と言っておきましたよ」

はっは、と笑う兆民を見て、

「とんでもねえことを言いやがる」

勝は、苦笑した。

中江兆民は土佐の高知城下に生まれた。足軽よりは、やや上という軽格武士の家だった。

明治四年（一八七一）に司法省出仕の留学生としてフランスに渡り、去年六月に帰国したばかりだ。

十月には東京麴町中六番町に仏学塾「仏蘭西学舎」を開き今年二月には東京外国語学

校の校長に就任したが、気にいらずに三ヶ月足らずの五月には辞職した。

しかし政府は兆民を放って置かず、すぐに元老院出仕を命じていた。

政府はフランス帰りの知識人の兆民を大事にしていたのだが、兆民の方は思想を述べるのに遠慮会釈がなかった。兆民は、びっくりしている浩太を見て、にやりと笑うと、

「実は、君のことは、ある人から聞いていたよ。勝先生のところで会えるかも知れないと思っていたが、奇遇だね」

「ある人と言われますと？」

「宮崎八郎君だよ」

兆民に言われて浩太は、あっと思った。部屋の隅にいた冬実もはっとして、

「八郎さん、東京に出てきているんですか」

と思わずつぶやいた。東京に来ていながら勝の屋敷に顔を出していないのが口惜しそうだった。台湾に一緒に行った八郎は浩太より一足早く帰国したはずだ。

「八郎さんには、台湾で病気をした時に随分、面倒を見てもらいました」

浩太は頭をかいて言った。

「ほう、あの男も台湾に行ったのか」

勝が興味深そうに言った。

「熊本の同志だと言われる方々五十人と一緒に志願されたんです。なぜ八郎さんが志願する気になったのかは、わかりませんが」

「おおかた、謀反の調練になるとでも思ったんだろう。あれは図々しい男だからね」

勝は、おかしそうに笑った。

「宮崎君は、今、わたしの塾に来て学んでいるよ」

「中江さんの塾でですか」

「彼は今年の四月から故郷の九州、肥後の植木という所で県に金を出させて民権論も講義する植木学校を開いたということです。ところが、今、浅草本願寺で地方官会議に出席している熊本県の安岡良亮《やすおかりようすけ》権令に陳情することがあって上京したのです。忙しい男だ」

兆民は、くっくっと笑った。そして、懐から手帳を取り出すと、

「これは、宮崎君が、わたしが今、訳しているルソーの民約論を読んで作った詩です」

それは——

「民約論ヲ読ム」

と題した漢詩だった。

天下朦朧《もうろう》として皆夢魂
危言、独り乾坤《けんこん》を貫かんとす
誰か知る凄月《せいげつ》悲風の底
泣いて読む盧騒《ルソー》民約論

「ほう、泣いて読むとは激しいな」

勝は感心したように言った。

「宮崎君は、パリ・コミューンの徒となるでしょう」

兆民は、にやりと笑った。

「パリ・コミューンとは何だい」

勝は鋭い目になった。

「車夫、馬丁、下女の類が天下を治めることですな」

兆民は平然と言った。

一八七一年（明治四年）の三月から五月までの七十二日間にわたってフランスのパリで世界で初めてのプロレタリア独裁政権が成立した。

——パリ・コミューンだ。

このころフランスは、ナポレオン一世の甥、ナポレオン三世の第二帝政の時期だったがプロシアとの戦争に敗れ、ナポレオン三世は退位した。その後、パリで労働者、小市民が決起し、選挙によってコミューン（自治政府）を組織したのだ。

パリ・コミューンはプロシアの支援を受けた政府軍の攻撃によって「血の一週間」の激闘の後、壊滅する。兆民がフランスに渡ったのはパリ・コミューンが壊滅してから約九ヶ月後の二月だった。

「わたしはパリのカフェでフランスの職人たちと大いに酒を酌み交わしましたが、彼らは、まことに豪傑でした」

「おいらが知っている江戸の火消しや博徒連中も性根の据わった連中だったね。官軍に江戸を攻められた時には、こいつらを使って江戸を火の海にすることも考えていたよ」

「パリでも、そのような者たちが国難に決起したのでしょう。政府を超えるのは、草莽の力でありますな」

兆民は、そう言った後、日本でさような人々を指揮するのは、さしずめ西郷でしょうか、とつぶやいた。浩太は、警視庁巡査だと名のっている自分を前に兆民が大胆な放言をすることに驚いた。兆民は、浩太を見て、

「君には伝言も頼まれている」

「伝言ですか？」

兆民はうなずくと、

「小倉士族の芳賀慎伍君を知っているだろう」

「舜、いや芳賀慎伍をご存知なんですか」

浩太は膝を乗り出した。

「芳賀君もわたしの塾に来ているんだ」

「えっ、東京に来ているのですか」

「芳賀君は、君に大久保内務卿に会うべきだ、と言っていた。そして大久保内務卿との

会い方をわたしが教えてくれということだった」

勝は、にやりとした。

「そういえば、この人は大久保のところに押しかけて行ってフランスへの留学生になったんだよ」

兆民は、哄笑して、

「あの時は留学するために必死でしたから」

と言った。

そのころ大学南校（後の東京帝国大学）の助教だった兆民は渡仏を思い立ち、政府の実力者の大久保を頼ろうとした。しかし役所に行っても大久保に面会は許されなかった。そこで兆民は、役所の門前に遊びに行って大久保の馬丁と親しくなった。すると馬丁が、大久保が退庁する時に馬車の後にへばりついて乗るといい、と教えてくれた。

兆民は馬丁に教えられた通りに馬車の後にはりついて大久保の屋敷までついて行った。そして馬車から降りた大久保の前にいきなり現れてフランスに留学したいという希望を述べた。土佐の者なら土佐出身の政府高官を頼るのが普通だが、いきなり最高実力者の大久保の懐に飛び込んだ兆民の機略と熱意を大久保は認めて司法省出仕の留学生にしてくれた。

「大久保という人は不思議ですな」

「ほう、そうかい」

勝は面白そうに兆民を見た。

「はい、北海の氷山の如く、取り付く島もないかと見えますが、体当たりで接すれば人を思いのほか受け入れてくれます」

「おいらは征台に反対して参議を辞めたが、大久保が清国との話をつけるのに自ら北京に乗り込んで粘りに粘ったのは驚いたよ。ともかく困難を人任せにしねえところは尋常の男じゃないね」

浩太は勝と兆民の話を聞きながら、舜の言う通り大久保利通に会いに行こうと思った。大久保は、本当に父の加納謙司なのか。父は、この世界に来て非情な政治家になったのだろうか。

そのころ八郎と舜は浅草黒船町の民家にいた。二間続きの部屋の襖を取り払って机が五つ置いてある。散切り頭の若者や羽織、袴姿で髭を生やした壮士風の男が雑然と座っていた。ある者は机に向かってしきりに筆を走らせ、別な男たちは、声高に議論していた。
その奥で八郎と舜は一人の男と向かい合っていた。四十四、五のがっちりした体格の男で眉が太く目も大きかった。
——海老原穆《えびはらぼく》
薩摩人で評論新聞という小冊子の新聞を出している男だ。

東京では、このごろ東京日日新聞、郵便報知新聞、朝野新聞などの新聞が出ているが、大半は旧幕臣が中心になっており薩摩人が発行者の新聞は評論新聞だけだ。

しかし評論新聞の薩摩人は海老原だけで記者たちは地方士族出身者ばかりだった。編集主任の小松原英太郎は旧岡山藩出身で、この時期より少し先に政府批判の記事を書いて逮捕され二年余りにわたって獄に投じられる。

「おはんらの様な優秀な人たちに加わってもらえば評論新聞は天下無敵じゃ」

海老原は、いかつい顔をほころばせて言った。八郎と舜は評論新聞に入社することにしたのだ。

「大久保の専制、もはや見過ごしにはできません。大いに世間を啓蒙するつもりです」

八郎は、悠然として言った。海老原は、うなずくと、

「大久保めは、近ごろ自宅を西洋館にする普請ば始めたそうじゃ。その費用三千円を堺県令税所篤《さいしょあつし》に用立てさせたということじゃが、一蔵の思い上がりも、ここまで来たぞ」

頭を振って慨嘆した。

「西洋館をですか？」

舜は驚いた。舜の知っている加納諫司は贅沢が嫌いで道場のある自宅も古ぼけたまま建て替えていなかった。

（浩太の親父さんは、この世界に来て性格が変わったんだろうか）

「ところで政府が、今年の二月に森山茂外務少丞を派遣して朝鮮と交渉させたという話

は本当ですか」

八郎は茶碗を畳の上に置いた。

「おお、さすがによくご存知じゃ」

海老原は感心したように言うと、近くの机で書き物をしている若い男に、そういう事だったのう、と問いかけた。若い男は額にかかった髪をかきあげながら、

「そういうことらしいです。朝鮮では、鎖国主義の大院君が失脚して雲行きが変わってきたらしい。日本が台湾に兵を送ったことも影響しているのかもしれません。それに日本と修好条約を結んだ清国あたりも朝鮮に何か言ったのではありませんかな。もっとも朝鮮側は森山が洋服を着ていったのが気にくわんということで、話は結局、頓挫したということです」

「それで五月には軍艦を朝鮮の釜山あたりにやって、ちょっと脅したということじゃ」

海老原は皮肉な表情を浮かべた。

「そうですか、洋服が気にいらんとは島津久光公のようですな」

八郎に旧主、久光の名を出されて海老原は苦笑した。

「なに、洋服というより森山に傲慢な態度があったのであろう」

舜は、ふと思いついたように、

「そう言えば征韓論でもめた時、西郷先生は烏帽子、直垂で朝鮮に行くと言われたそうですね。そんな格好で行けば朝鮮側も交渉を受け入れたんじゃないですか」

「ほう、なるほど、そんな事までわしは考えたことが無かったが、西郷先生は弱い者、負けた者にやさしか御仁じゃ、まことに芳賀君の言われる通りかもしれん」

海老原は人の好さそうな顔で何度もうなずいて感心した。

兆民と浩太が帰った後、冬実は自分の部屋で一人になった。

勝家は女が多い。たみ夫人のほか、長女のゆめ、次女の孝子、三女の逸子、それに使用人の女が数人いた。逸子は冬実と同じ十七歳で仲がよかった。逸子が襖の向こうから

「おはるさん、いらっしゃる」

と声をかけた。冬実が応えると逸子が微笑しながら入ってきた。

「益満さん、もうお帰りになったのね」

逸子は勝家の姉妹の中でも一番、色が白くて美しい。その逸子が、なぜか浩太に関心を持っていた。

「ええ、突然来て、あっという間に帰ってしまったわ」

冬実は不満そうに言った。浩太が八郎や舜のことをもっと話してくれればよかったのに、と思っていた。

「でも宮崎さんと芳賀さんも、東京に出ていらっしゃっているのなら、そのうちお見えになるんでしょう」

逸子は冬実の顔をのぞきこむようにして言った。

「それは、そうだけど」

冬実はつぶやきながら、この時代の女は外出もあまりできなくて会いたい相手が来るのを待っていなければならないからつまらないな、と思った。

「でも、男の人って、どうして、あんなに天下国家がどうした、こうしたって騒ぎまわるのかしら。もっと大事なことがあるでしょうって言いたくならない」

逸子は、生意気な口調で言うとかわいらしく舌を出して見せた。

「そうよねえ」

冬実はうなずいたが、この世界に来てからの舜と浩太は嫌いではない、と思った。二人とも大きなものに向かって懸命に生きようとしている気がした。逸子だって浩太の話をしている時は、目がきらきらしているのだ。

「お父様がね、益満さんと芳賀さんのことをどんな風に言ってらっしゃるか知ってる?」

逸子が声をひそめて言った。いいえ、と冬実は頭を振った。勝が二人のことをどう話したのだろうと思うとどきどきした。

「芳賀さんはね、頭がよくて一直線なところが高杉晋作みたいだって、冷静みたいだけど走り出したら止まらない暴れ馬だって」

「へえ――」

冬実は舜が暴れ馬だと言われて驚いた。秀才で落着いている舜はクールで何かに熱中したりすることはないと思っていたのだ。

「そして益満さんはね――」

逸子は、ちょっと赤くなった。

(やっぱり、駄目かな。剣道が好きなだけで、ぼうっとしているし)

冬実は逸子の顔をうかがった。

「坂本竜馬さんに似ているって」

「まさか」

冬実は目を丸くした。

「竜馬さんって若いころはぼんやりしていただけなんだって。それが動き出したら、本物の竜になったんだって。益満さんが竜になるかどうかはわからないけど、いつか、化けるかもしれないと言っていたわ」

逸子は楽しそうに言った。

(あの浩ちゃんが坂本竜馬に似ているなんて本当かしら)

冬実は信じられない気がした。この世界に来てから舜と浩太はどんどん変わっていくようだ、と思って口惜しかった。二人だけではない、美樹だって近ごろ大人っぽくなった。

舜が佐賀に行く前に美樹が訪ねていったことを冬実は知っていた。

(舜さんと美樹さんは本当の恋人になったのかな)

冬実は胸のあたりが苦しくなるような気がした。

七

大久保利通は内務省の部屋で琉球に内務大丞松田道之を派遣する書類を裁可していた。

大久保は琉球に対して藩王の上京、さらに鎮台（陸軍の軍団）の那覇への分営、清朝との朝貢関係を断つことなどを命じていた。

日本政府は台湾問題の解決後には琉球が日本領であることは国際的に認知されたと思っていたが、琉球と清朝との関係はなおも続いていた。中には清朝へ援助を求めようとする動きすらあった。今回の松田の派遣は、そのような動きに歯止めをかけ琉球の帰属をはっきりさせようというものだった。松田が兵四百人を率いて琉球に乗り込み藩を廃して沖縄県を置く、いわゆる「琉球処分」を行うのは、四年後の明治十二年（一八七九）のことだ。

大久保は夕刻になって内務省を二頭立ての馬車で出た。

馬車は麴町三年町の屋敷ではなく芝二本榎の別邸に向かった。この日は十六日で、大久保は月のうち、十一日、二十一日、二十六日など決まった日を別邸で過ごすことにしている。

なぜなら、この屋敷に、おゆうを住まわせていたからだ。

大久保は明治六年（一八七三）に西郷と対立すると、薩摩との関係を断つように翌七年に薩摩の妻子を上京させた。妻子を麴町三年町の屋敷に住まわせると、おゆうを芝二本榎の別邸に入れた。別邸とは言っても敷地三万坪、果樹園や茶畑もある立派な屋敷だ。

大久保は京のころと同じように、この別邸でも客に会い、おゆうが接待した。

馬車には馭者が一人乗っているだけで、馬車の百メートルほど前を馬丁が一人駆けていくだけだ。ところが赤坂門のあたりで馬車の前にぬっと人影が立った。

馭者は、暗殺者かもしれないと思って、

——なんだ、お前は
と悲鳴のような声をあげた。

その声で馬車の中にいた大久保が窓から路上を見た。

夕日を浴びて絣の着物、袴姿の書生のような大柄の若者が立っていた。手には何も持っておらず、害意はなさそうだった。大久保は、

——無礼者
と怒鳴ろうとして、思わず声を飲み込んだ。路上に立っている若者の顔に見覚えがあったからだ。

「浩太——」

つぶやいた大久保、謙司は馬車を止めるように命じ、さらに窓から手招きして浩太を

馬車に乗せた。謙司は馬車の中では話さず、そのまま馬車を走らせ、やがて別邸に着いた。馬車から謙司とともに降りてきた浩太を見て出迎えのおゆうが、

「あら、あんさんは――」

と思わず声をかけた。緊張した表情の浩太は、おゆうを見て最初は誰かわからなかったが、不意に勝と出会ったときに人力車に乗っていた女だと気づいた。

それとともに、懐かしさがこみあげてきた。おゆうは浩太の母親の由子に、よく似ていた。謙司とおゆうが並んでいるのを見ると、服装こそ違うものの両親と暮らす家に戻ったような錯覚がした。

「知人じゃ、しばらく奥で話すから誰も近づけるな」

謙司は、ひややかに言うと、何か言いたそうなおゆうに背を向けて玄関から上がった。浩太も、おゆうに頭を下げると謙司に続いた。謙司は浩太を奥座敷に連れていくと向かい合って座った。

「そうか、浩太もこの世界に来ていたのか」

謙司は、ため息をついた。

「俺だけじゃない、志野舜と冬実、それに舜の友達の柳井美樹という女の子も来ている」

浩太は謙司の目をまっすぐ見て言った。髭を生やした謙司の顔は最初、違和感があったが慣れると威厳が感じられた。謙司も浩太の顔をしげしげと見た。この世界に来てか

ら、すでに二年がたっている。浩太も顔つきが大人びていた。

「志野君と冬実も来ていたのか」

浩太は、うなずいた。

「それだけじゃない、あの銀行強盗の飛鳥磯雄も来ている。あいつは桐野利秋になった」

「そうか、やはり桐野が、あの男だったのか」

「親父には、わかっていたのか」

「馬車に乗っていた大久保を襲ったのが桐野だということは、わかっていた」

「桐野は、岩倉を襲ったり、佐賀の乱を起こした江藤新平を鹿児島に連れていったりしているみたいだ」

「飛鳥にしてみれば、この世界ではやりたいことができるというわけだろう」

「やりたい事って？」

「世の中への復讐とわたしを殺すことだな」

「まさか、この世界に来てまで親父を狙うだろうか」

「いや、あの男は蛇のように執念深い、それにお前だって西南戦争が起きることは知っているじゃないか。飛鳥の執念が西南戦争を起こすのかもしれん」

謙司は厳しい表情になった。その顔は参議、内務卿大久保利通の顔だった。

「やっぱり、親父が大久保利通だったんだな」

浩太は、うつむいた。

「どうした、わたしが大久保では、おかしいか」

謙司は微笑した。

「志野は、こちらの世界では江藤新平の書生だった」

「江藤の？」

謙司は眉をひそめた。

「佐賀の乱が起きた時、志野は江藤を東京に連れ戻すために佐賀に行ったが、桐野に邪魔された。それで佐賀に潜伏していたんだけど、江藤が、さらし首になったことを怒っていた」

「そうか――」

謙司の顔に暗鬱なものが浮かんだ。

「志野は佐賀で親父を斬ろうか、と思ったそうだ。俺も親父のやり方は、ひどすぎるんじゃないか、と思う」

浩太は一語一語区切るようにして言った。謙司は何も言わずに目をつぶって聞いていた。

「親父、説明してくれよ、なぜあそこまでやる必要があったんだ」

浩太は、かっとなって大きな声で言った。謙司は、ゆっくりと目を開けた。

「見せしめだ」

「見せしめ？」

浩太は謙司の口から、そこまで残酷な言葉を聞くとは思わなかった。

「いいか、浩太。大久保が、この世界でやろうとしている事は責任を取る政治ということだ。甘い言葉だけを吐いて、何の責任も取らない向こうの世界とは違う。大久保は自分で責任を取るが他人にも責任は取らせる。反乱を起こした江藤には、次の反乱を起こさせないために、見せしめになる責任があるんだ」

謙司の目は鋭くなった。

「そんなことを言ったら、権力をにぎっている奴の方が有利じゃないか」

「だったら権力をにぎればいい。言っておくが明治政府では倒幕に功績が無かった江藤、大隈のような佐賀出身者でも参議になっているんだぞ。誰が権力者になるかは、その人間の努力しだいだ。江藤は大久保の外遊中に政府の組織を変え、長州閥の汚職を追及して西郷を擁立した肥前閥政府を作った。権力をにぎろうというのは、それでいい。だが、そうである以上、敗北することも覚悟しているはずだ。命をかけるとは、そういう事だ」

「だけど、それじゃあ独裁政治か官僚政治になってしまうじゃないか」

「それが嫌なら、わたしを倒して独裁ではない、官僚主導ではない政治をやってみろ。ただし命がけでな」

「親父――」

謙司と浩太はにらみ合った。

「親父は思い上がっている。親父は大久保利通じゃないんだぞ。本当の大久保なら、西郷さんを裏切るようなやり方はしなかったはずだ」

浩太はこぶしを握り締めて言った。

「わたしが西郷を裏切ったというのか」

「そうとしか言えないじゃないか」

謙司の顔が苦しそうにゆがんだ。

「違う、西郷が遣韓使節になることは、もともと無理だったんだ」

「なんだって。長州閥が江藤新平を政府から追い出すために征韓論騒ぎを利用して、江藤が邪魔だった大久保もその陰謀にのったんじゃないのか」

浩太は目を瞠った。

「長州の伊藤博文などは、そう思っているだろうな」

謙司は、ひややかに言って目をつぶった。

「違うっていうのか」

「もし西郷が使節として朝鮮に行っていたら、その立場を失っていただろう。その時、西郷は、本当に謀反人になっていたかもしれない」

謙司は目をつぶったまま言った。

(どういうことだ——)

浩太は、頭が混乱した。謙司は、かっと目を開いた。

「志野君に言っておけ、わたしを倒そうと思うなら、覚悟をしてやることだ。この世界は、動機さえ正しければ誰かがかばってくれるような世界じゃない」

「俺も親父を倒す方にまわるかもしれない」

浩太は立ち上がって奥座敷から出た。廊下には、おゆうが静かに座っていた。

(しまった、今の話を聞かれたのだろうか)

浩太は心配になったが、そのまま玄関へと向かった。おゆうは見送らずに座敷に入った。

黙然と厳しい表情でいる謙司には誰も寄せつけない孤独なものがあった。

おゆうは、謙司のそばに座ると、

「やっぱり、あの人、あなたの息子さんだったんですね」

と言った。謙司は、おゆうを別邸に移した時に大久保とは別人であるという秘密を打ち明けていた。休日になるとこの別邸に来るのは、日ごろ大久保利通として過ごしている緊張感から解放されるためでもあった。

「あの人、よう似てはるとは思いましたけど。ということは、大久保の御前にも似てはるわけどすなあ」

おゆうは首をかしげた。

「当然だ、益満市蔵は大久保利通の子なのだから」

「えっ、ほんまどすか」

おゆうは目を瞠った。謙司は、うなずいた。大久保利通は安政四年（一八五七）、二十八歳の時に早崎ますと結婚した。大久保には八男一女があるが、このうち三男一女は、おゆうとの間の子だ。しかし、大久保には結婚前に契った女がいたのである。

大久保は若いころ不遇だった。父親の次右衛門が薩摩藩のお家騒動、いわゆる高崎崩れで処罰され大久保自身も免職となった。やがて島津斉彬が藩主となると復職したものの記録所の下役に過ぎなかった。大久保が斉彬の没後に実質的な藩主となった島津久光に囲碁の相手となって取り入り、小納戸役となって藩内で地位を固めていくのは文久元年（一八六一）、三十一歳になってからのことである。若いころ益満休之助の従姉妹と契った大久保は結婚することもできず、身ごもった娘は、そのまま別の郷士に嫁したが、間も無く夫は病死した。

大久保は薩摩藩の指導者にまでなったが、若いころの子のことは、京に出てきた益満休之助に知らされるまで念頭に無かった。

「益満市蔵は大久保の子であり、桐野に斬られた休之助の縁者としての宿命を負っている」

謙司は、ぽつりとつぶやいた。浩太がどのような運命をたどることになるのか、と思った。

それから二ヶ月たって九月になった。九月二十日——朝鮮の江華島沖合いに日本の軍艦「雲揚《うんよう》」が姿を見せていた。雲揚は全体が黒々と塗られている。

二本のマストと一本の煙突があるイギリス製の汽帆船で排水量は二百四十五トン。左右に三門ずつ合わせて六門の大砲を備えている。五月に釜山沖に現れて朝鮮を威嚇したのも雲揚だった。雲揚は江華島南の永宗島《ヨンゾンド》に近い洋上で碇泊すると短艇《ボート》を下ろした。

日本の船が朝鮮政府に断りも無く釜山港以外で碇泊し、上陸しようとするのは挑発以外の何物でもなかった。江華島は、朝鮮半島の西海域に浮かぶ島で朝鮮の首都漢城《ハンソン》（ソウル）に通じる河、漢江の河口に横たわっている。

周囲が約五十キロ、面積二百九十三平方キロメートル、南端に海抜四百六十九メートルの山がある。江華島から漢城までは、およそ五十キロの距離だ。

朝鮮は、江華島に六ヶ所の砲台を築き百門を超える大砲を備えて、漢江への狭い水路を防衛する要塞としていた。この時、雲揚の井上良馨《よしか》艦長は、飲料水補給の名目で短艇を下ろし、艦上から江華島の砲台の動きを見張っていた。

やがて砲台から雲揚に向かっての砲撃が始まった。井上艦長は、ただちに砲撃を命じ、砲弾が江華島の砲台に土煙をあげて炸裂した。砲台の大砲は、いずれも射程距離が短く雲揚に届かなかったが、雲揚の十二センチ砲は余裕をもって砲台を捉え、破壊していった。

さらに雲揚は、江華島周辺の島のうち、もっとも大きい永宗島に兵を上陸させ、砲台を襲撃した。日本兵は朝鮮兵を追い払ったうえ官舎、民家などにも火を放った。

この戦闘で朝鮮兵士の死者三十数人、日本軍の死者二人だった。

雲揚は翌日、江華島沖を去り、七日後の二十八日に長崎に戻ると政府に電信で報告した。

いわゆる、江華島事件だ。

このことを三十日に東京日日新聞は、

――日本の軍艦なる雲揚艦は朝鮮の某港に投錨し、去る二十一日、その短舟をおろして海岸の測量をしておりたるところに朝鮮の台場より突然と発砲したるにつき雲揚艦よりも答砲を発し兵を率いて上陸し、右の台場を乗っ取り、陣営並びに人家を焼き払い、その旨を森山茂君に知らせおき、直ちに長崎まで引き上げたる由
と報じた。浩太は西郷従道の屋敷で美樹や他の書生たちとともに、この東京日日新聞を読んだ。

「やはり朝鮮に兵を出すことになるのかのう」

髭面の書生が興奮したように言った。

「まさか。二年前の征韓論騒ぎで、朝鮮と戦はせん、と決まったはずだぞ」

痩せた書生がひややかに言った。

「そうは言うが、外征はいかんと言いながら、台湾にはすぐに兵を出したじゃないか。今度も五月には軍艦二隻を朝鮮の港に派遣して、演習と称して大砲をぶっぱなして朝鮮の役人どもの肝をひしいでおったらしか。政府は台湾、朝鮮とも最初からやる気なんじゃ」

髭面の書生は、目をぎょろつかせて言った。

「それじゃあ、西郷前参議はどうして政府から出ていかれたんですか」

浩太は新聞から目を離して訊いた。

「それは、西郷先生が東京におってもらっては困る人たちがおったからじゃろう」

髭面の書生は、そう言いながらも、少し言い過ぎたか、と具合の悪い顔になった。従道の屋敷では薩摩に帰った西郷隆盛の話をすることは憚られていた。このころ鹿児島の西郷は江華島事件の報を聞いて知人への手紙で、

「何分にも道を尽くさず、ただ弱きを慢《あなど》り強きを恐れ候心底《しんてい》より起こり候もの」

と政府のやり方を憤ったと言われるが、そんなことは東京には伝わっていなかった。

美樹が浩太の袖を引っ張って庭に降りた。書生たちが、好奇心にかられて二人を見た。

庭の隅に行くと美樹は、声をひそめて、

「朝鮮のこと舜君に訊いてみようよ。なんだか、これからのわたしたちに関わりがありそうな気がするわ。舜君なら詳しいことを知っているかもしれないし――」

と言った。美樹は東京に出てきた舜と何度か会っているようだ。浩太は舜が兆民の麴町中六番町の仏蘭西学舎に住み込み、評論新聞の記者もしていることを美樹から知らさ

れた。

冬実も、八郎に会っているらしいことは美樹の口ぶりでわかった。

しかし、浩太は舜と会っていない。大久保利通に対してこだわりを持つ舜と平気な顔で会うことはできない、と思っていた。美樹が朝鮮のことを舜に訊こうというのは、二人の間にあるわだかまりを心配してなのだろう。浩太は首を振った。

「今は、舜には会えない」

「そう、やっぱり。でも、それって、わたしが悪いのかな?」

美樹は、うかがうように浩太の顔を見た。浩太は、どきっとしながらも激しく首を振って、そんなんじゃない、と言うと座敷に戻って行った。動揺したのは、美樹の言葉に思い当たるところがあったからだ。従道の屋敷で暮らす間に浩太は、美樹が好きになっていた。

(借金の取り立て屋から乱暴されたことを打ち明けられた時から好きになっていたのかもしれない)

浩太は、そう思うと戸惑った。美樹が佐賀に行こうとする舜に会いに行ってから、二人の間が深くなったことは浩太にもわかっていた。美樹に気持を伝えようとは思っていないが、美樹とともに舜と会う気にはなれなかった。

(なぜ、こんなにイジイジしているんだろう)

そう思うと浩太は他の書生たちから離れて木刀を持って裏庭に行った。

そこには示現流の打ち込み稽古用の木が立てられている。

「チェスト――」

浩太は木刀を振り上げると薩摩独特のかけ声とともに激しく打ち込んだ。

政府は釜山に出張していた森山茂外務権大録の帰国を待って今後の方針を検討した。その間、新聞には強硬論や反対論が噴出した。東京曙新聞は十月八日に、

――今日我が国の状態における、兵は誠に少なく、国は誠に貧に、人心誠に乖離し、決して隣国と兵端を開くべきの時にあらざるなり、しかれども自ら特立国の体面を護するの時に至れば、たとえ英仏の諸強国といえども、また弾丸をもって相加えざるべからざるものあり。いずくんぞ今日に当たりて一歩を退却すべけんや

と強硬論を述べ、朝野新聞は十月十五日に、

――我輩は、つまびらかに権道論者の意内を察するに、征韓の挙はもとよりこれを今日に行なうべからず。しかれどもこれを行なうは、ただ国内の騒擾沸騰を救わんため、外征もってその毒を他に洩らさんというに過ぎざるなり。我輩はひそかに思う。道路の説によれば、方今国内に殺気を包蔵し、早晩、騒擾沸騰を生ずるの期あるべし。我が政

府はよろしく至正至公の道をもって、早くこれを鎮撫するを要すべきのみ。決して権謀奇計、もってこれを回避すべからざるなりと

と反対論を展開した。赤坂氷川町の勝屋敷では勝が新聞を読んでいた。縁側で新聞を読む勝の傍らには冬実と逸子がいる。舜が記者をしている評論新聞は政府の中に強硬論者が多くなりつつあることを伝えていた。参議にも強硬論者がいるというのだ。

——参議某公、朝鮮事件を建白せられし書中の大意に、今般朝鮮の事件は臣に任せよ、(中略)しこうして朝鮮、これを悔い、これを謝すれば至当の処置をなすべし。もし万一これを聴かざるときは兵事に及ぶべしという趣意なる由

「お父様、この参議って、どなたなんでしょう」

逸子が、小冊子の評論新聞を読みながら無邪気な様子で訊いた。

「さあてね、評論新聞に行って宮崎か芳賀にでも訊いておくれ」

勝は、あくびを噛み殺しながら言った。

「でも、評論新聞って、こんなことも書いていますわ」

逸子が示したのは、陸軍でも強硬論が強いという記事だった。

――陸軍省中において山縣有朋、西郷従道、大山巖の三人はしきりに征韓論を主張し政府に迫らるる由。（中略）三人とも互いにその征韓の大将軍たらんと冀望《きぼう》せらるるとの風説なり

「だけど皆、西郷さんの征韓論の時には反対だったんじゃないんですか」

冬実は首をひねった。

「何せ、今の政府は奇々怪々だからな」

勝は、肩がこったらしく首をぼきぼきと鳴らした。

「あら、ここにお父様のことが書いてある」

逸子は、別の評論新聞を見て大きな声を出した。

「なに、おいらの事が――」

勝は、顔をしかめた。

「お父様が西郷従道様をたしなめられたんですって」

逸子が勝の前に置いた評論新聞には、

――西郷従道君は自ら進んで征韓の将たらんことを大久保、勝の両公に乞われしに、両公いわく、子はもと征韓を非する者にあらずや、なんぞにわかに征韓の将たるを乞うやと。かつ談論数回の後、勝公は従道君を諭していわく、空しくここに談論せんよりは

汝の兄を誘い来たれ、これ今日の上策なりといわれし由、道路の間に風説せり

「へえー、お兄さんの西郷さんを連れて来たらいいっておっしゃったんですか」

冬実が面白そうに笑った。

「新聞に書くようなことかねえ、らちもない話だよ」

勝は苦笑した。従道との話がどこからもれたのかが不思議だった。

（案外、従道が自分で流したのかもしれねえな。馬鹿のふりをして兄の西郷を東京に呼び戻す算段かもしれねえ）

勝は、ちょっと庭を見た。

「お父様、西郷様は薩摩からお戻りになられるのですか」

逸子がにこりと笑って訊いた。勝は頭を振っただけで答えなかった。

（西郷は戻らねえし、今は戻らない方がいいのさ。従道は賢いようでも、いま一つ流れが読めていねえようだ）

勝は小柄を取り出してちょいちょいと肩先を切って血を出すと懐紙でぬぐった。

近ごろ勝は肩がこって頭に血がのぼるとこうやって血を抜くのが癖になっていた。

政府は十二月九日、陸軍中将、黒田清隆を特命全権弁理大臣として派遣することを決めた。江華島事件で砲撃されたことの損害賠償を朝鮮に求め、さらに開国を求めて日朝

修好条約を締結することが目的だった。使節団は、黒田のほか副全権大臣が井上馨元老院議官、随員八百人で軍艦「日進」など六隻に分乗して行くことになった。

使節団が対馬の竹敷湾から朝鮮に向ったのは翌、明治九年（一八七六）一月十五日のことだ。

一行は、釜山港に入港した後、さらに江華島に向かうことを朝鮮政府に伝えた。この時、黒田は演習と称して四隻の軍艦に湾内で大砲を撃たせた。白煙を上げての艦砲射撃の砲声は湾内に轟き、朝鮮側を驚かせた。

黒田は二月四日に江華島に達し、江華府城に入った。

交渉は朝鮮の尹滋承《ユンジャスン》・都総府副総管との間で始まり十一日に黒田清隆が正式交渉に臨んだ時には、再び「祝砲」と称して湾内の日本軍艦が艦砲射撃を行い朝鮮側を威嚇した。

また、日本では山縣有朋が下関に兵を集結させ、軍を輸送する船も下関に集めていつでも進発できる態勢をとっていた。このため二十六日には両国の代表が日本側が用意してきた条約案文を修正したうえで調印した。

――日朝修好条規
である。第一条で「朝鮮国ハ自主ノ邦ニシテ日本国ト平等ノ権ヲ保有セリ」としているものの日本が朝鮮において治外法権を持つことや関税は輸出入とも当分無税にするなど、実質的には不平等条約だった。それは、かつて日本が欧米から押しつけられた不平等条約を朝鮮にも押しつけたものだった。

八

三月に入って浩太と美樹、冬実は舜の連絡で数寄屋河岸の西洋料理店、万軒《よろず》に行った。舜から連絡があったのは久しぶりだったが、浩太たちだけでなく兆民も来るのだという。舜は「政府の弾圧によって苦しむ人たちのための募金会」とだけ手紙に書いてきていたが、どうやら政府が去年、讒謗律《ざんぼうりつ》、新聞紙条例、出版条例を発布して以降あいついでいる、編集者、記者の逮捕、投獄に関してのもののようだった。

万軒では板敷にテーブルと椅子が置かれ、若い女が筒袖、西洋式のスカート姿で給仕をしていた。店に入った浩太たちに舜が声をかけた。

「こっちだ、浩太」

舜の明るい顔を見るのはひさしぶりのような気がした。

驚いたことに舜のまわりには華やかな洋服を着た青い目の外国人女性たちが数人いた。

その中の一人、十五、六歳の緑色の服を着て羽飾りがついた小さな帽子をかぶった少女が椅子から立ち上がると、

「オハルサン――」

と笑いかけた。

「クララ――」

冬実は、口に手をやって目を瞠った。

「冬実ちゃん、知っている人なの？」

美樹が袖を引っ張って訊いた。うん、とうなずいた冬実は、

「この間、勝さんの屋敷に来たアメリカの女の子なの」

少女は裾の長いスカートをつまんで冬実に近づいて来ると、

「オハルサンノボーイフレンド、トテモステキナ人デスネ、コマッテイル女性ノタメニガンバッテイマス」

と言った。浩太たちは、びっくりして舜を見た。舜は、にこりとしてテーブルの中央を手でさした。そこには、古ぼけた洋服姿の兆民が、もじゃもじゃの頭のまま座って、そっぷ（スープ）をすすりながら銀髪の外国人婦人と話していた。

まわりには羽織、袴姿で眉が濃いいかつい顔をした男や洋服姿の官員風の男など日本人の男もいた。皆、ワインを飲み牛肉料理を食べているようだった。

冬実の手をにぎった少女は浩太の顔を見て微笑むと、

「ワタシ、クララ・ホイットニーデス。アナタモ、慎伍ノトモダチデスカ」

と言った。浩太は、あわてて、

「イエース」

と上ずった発音で答えた。舜が、くすくす笑うと、

「無理無理、浩太の発音じゃわからないよ」

と言った。浩太はむくれたが、その間に英語に自信がある美樹はクララに話しかけて、仲良くなっていた。

クララ・ホイットニーが勝屋敷を初めて訪れたのは日朝交渉が行われていた明治九年（一八七六）一月九日のことだ。父のウィリアム・ホイットニーは東京に開設した商法学校（一橋大学の前身）の教師としてアメリカから招かれ、妻と、息子、娘二人とともに明治八年八月に日本に来た。しかし当初の約束と違い経済的に困窮したことを勝が聞いて援助を申し出たことから家族ぐるみでの親交が始まったらしい。

浩太たちが舜の近くのテーブルにつくと、兆民がグラスの縁をスプーンで叩いて皆の注意を集めて、あいさつを始めた。この会は、近ごろ、政府によって投獄された「采風《さいふう》新聞」編集長、加藤九郎の娘への義捐金を集めるためのものだという。

「昨年八月、曙新聞記者、末広鉄腸《てっちょう》が讒謗律を批判して、禁獄二ヶ月、罰金二十円の刑に処せられて以来、新聞の編集者、記者で投獄された者、数十人におよんでいます。政府に仕える身で言うのもいかがとは思うが、まことに暴政の府であると言わねばなりません。中でも、最も重い刑となったのが采風新聞編集長、加藤九郎氏であります。加藤氏は、今年一月、禁獄三年の刑に処せられ今も獄中にあるのであります」

兆民が朗々と話している間にクララは、浩太たちに、

「ワタシノ知リ合イノカローザース夫人ノ英語ノ生徒ガ、カトウサンノ娘デス、娘サンハ十七歳ノキレイナ方デスガ、父親ガ牢屋ニ入ッテ暮ラシニ困ッテ茶屋ニ売ラレソウニナッテ、カローザース夫人ニ助ケヲ求メテキマシタ。カローザース夫人カラ相談サレテ、ワタシタチハ勝様ニ相談シテ、兆民サントシンゴヲ紹介サレタノデス」

と小声で説明した。兆民は、えへんと咳払いすると、

「皆様に加藤氏が罪に問われた社説を紹介いたしましょう」

と言って、懐に入れていた新聞の切り抜きを取り出して読み上げた。

「努メテ政府ノ公法ヲ論破シ、我輩三千五百万ノ兄弟ヲ保全スルニアリ、モシ止ム得ズンバ米国第一流ノ、パトリック・ヘンリー在ルノミ、米国十三州ノ英政府ニ背イテ独立セシガ如ク、激動ヲ起シ追々共和政府ヲ開立致シタシ」

兆民は新聞をたたむと、皆の顔を見渡して、

「パトリック・ヘンリーとは何者かと思われた方もおられるでしょうが、ヘンリー氏はアメリカがイギリスからの独立を勝ち取った独立戦争の英雄、豪傑の一人であります。

彼の名は、彼の名言とともにアメリカ国民にとって、忘れ難いと聞いております。加藤加藤氏が、刑罰を恐れず、鼓吹しようとした名言を彼女に言ってもらいましょう」

とクララを手で指して、にやりと悪戯っぽく笑った。

いきなり指名されたクララは、びっくりしたが、すっと立ち上がって、

「ギブミーリバティー、オア、ギブミーデス」

と大きな声で言うとテーブルをドンと右手で叩いた。

「さよう、我に自由を与えよ、さもなくば死を、であります」

兆民は、にこりと笑って拍手した。続いてテーブルの皆が拍手すると、クララは恥ずかしそうに顔を赤くした。その時、入口から一人の壮漢が入ってきた。白の薩摩絣に袴、編上靴をはいていた。

「八郎さん――」

冬実が顔を輝かして、うれしそうに言った。八郎は、にこりと微笑むとテーブルに近づきながら懐から折り畳んだ新聞を取り出して兆民に手渡した。

「東京日日新聞です。獄中にいる新聞人の名前が出ています」

「ほう――」

うなずきながら兆民は受け取った新聞を広げた。そこには、加藤九郎をはじめ十九人の名前が書かれていた。

朝野新聞
　成島柳北
　末広重恭
　沢田直温
采風新聞

加藤九郎
本木貞雄
矢野駿雄
中島泰雄
杉田定一
報知新聞
岡敬孝
植木枝盛
評論新聞
横瀬文彦
山脇巍
小松原英太郎
東清七
中島勝義
岡本清一郎
満木清繁
柴田勝文
田中直哉

「多士済々じゃが、評論新聞が一番多いじゃないか」

兆民が、かっかっ、と笑った。

「なにしろ西郷党で政府転覆をめざす新聞ですから」

八郎は苦笑した。

兆民の横から新聞をのぞきこんだ舜が、

「ああ、やっぱり植木君も逮捕されたんだ」

と大きな声を出した。

「植木枝盛とは報知新聞の編集人かね」

兆民は新聞を見ながら訊いた。

「いえ、僕と同じで、まだ二十歳で板垣退助前参議の書生です。中江先生と同じ土佐の生まれですよ。去年末に病気で土佐に帰りましたが、一度、評論新聞を訪ねてきたので話をしたことがあります。政府による新聞弾圧を憤っていましたから、そんな文章を報知新聞に投稿したのでしょう」

「ああ、植木君の投稿なら、僕は読んだよ。著述、議論、思想の自由は人間に欠くべからざるものという、なかなか鋭い論調だった。題名は猿人君主といったかな」

八郎は、空いている椅子に座りながら言った。

「猿人君主では、捕まるだろう」

兆民は、はっはっはと笑った。

「いや、それが報知新聞の奴に聞いたところ、植木君が書いてきた題名は猿人政府だったそうです。それを編集人の方で勝手に書きかえてしまったということです」

「なんだ、それでは、植木君が気の毒なようだが、土佐の者は、そんなことで逮捕されれば生涯、権力を敵として闘うぞ。政府もとんだ若者を敵にしたものだな」

兆民は皮肉な表情で言うと新聞を折り畳んだ。舜は、一度会った植木枝盛の顔を思い出した。端正で色白の美男だったが議論をしていると、しだいに目に光をおびてきて気性は激しそうだった。植木枝盛は獄を出ると板垣退助らとともに自由民権運動に身を投じ、後に民権論の立場からの憲法草案を書くことになる。

テーブルに茶が出されると兆民は、

「時に、諸君は、先月、日本と朝鮮との間で結ばれた条約のことを知っているかね」

テーブルに両肘をつき、手を顔の前で組んで言った。

「朝鮮にとって不平等条約だとは聞きましたが」

八郎が、茶を飲みながら言った。

「ああ、そのことで僕は明治六年の政変の意味がわかったよ」

兆民は、きらりと目を光らせた。

「あの征韓論騒動の意味ですか」

舜は、兆民の顔を見た。うん、とうなずいた兆民は、

「ご存知の通り、わたしは征韓論騒ぎのころフランスにいたから、詳しいことは知らなかった。それで、帰国してから調べてみたのです。まず、諸君は、征韓論を英米が煽動したことをご存知だろうか」

「イギリスやアメリカが征韓論をそそのかしたんですか」

浩太は、目を瞠った。

「そうだ。横浜でイギリス人が出しているヘラルド新聞は、明治五年に朝鮮で日本人が無理非道な扱いを受けているとデマ記事を載せたし、ブラックというイギリス人の新聞は朝鮮政府が日本政府へ送った侵略を挑発する手紙を偽造することさえやったそうだよ。それに大久保参議が清国の北京に行った時にはイギリス公使ウェードの意見として、今後日本は朝鮮へ手を出すべし、そうなればイギリスは援助すると伝えられたということだ。台湾に兵を出す時にはアメリカ公使のデ・ロングがこれを支援したらしい。英米は鎖国を続ける朝鮮を開国させ、さらに清の実力を確かめるために日本を使おうとしたのさ」

「それじゃあ、西郷たちは、それに踊らされたというわけですか」

舜は眉をひそめて言った。

「いや、西郷さんは幕末のころからイギリスやフランスの策謀については、よく知っているから、むしろ踊らされないようにしていただろう。しかし征韓論が世間で大っぴらに言われていたことが西郷さんの足を引っ張ったんだ」

「と、言いますと」

八郎が真面目な顔になって訊いた。

「明治三年に外務省は太政官に対して朝鮮への外交方針で三つの策を出したそうだ。一つは、日本の国力が充実するまで何もしないで放っておく、二つ目は、木戸孝允を使節として派遣し、通商条約締結を持ちかけるが朝鮮が拒否すれば武力を用いる、三つ目が、まず清国と対等の条約を結び、その後、朝鮮と礼典を一等下げて条約を結ぶ、遠くと和し、近くを攻める策だったということだ」

「それじゃあ、岩倉使節団が日本を出発する前に朝鮮に対しての大枠の方針は決まっていたんですね」

浩太がうなずいた。

「そうだ、外務省は、その後、軍艦と使節を派遣することを太政官に発議したから留守政府は、それに沿って西郷さんを遣韓使節とすることを決めた。違っているのは使節が木戸ではなくて西郷さんだったということだけだ」

「それなのに帰国した木戸、大久保は反対したわけか。僕は長州閥が邪魔になる江藤参議を追い出すために征韓論を利用しようとしただけかと思っていたが」

八郎は腕を組んで考えこんだ。

「政府は、最初から、今度のような条約を朝鮮と結ぶつもりだったのさ。それなのに西郷さんの遣韓使節派遣を許さなかったのには理由がある」

皆の顔を見回して兆民は言葉を続けた。

「西郷さんの遣韓使節派遣をつぶしたのは大久保参議だということになっているが、実際には三条、岩倉という公家出身の二人だ。いったん内定した使節派遣をずるずると引き延ばしたのは三条だし、土壇場で体をはって決定を引っくり返したのは岩倉だよ。二人は、どうしても西郷さんを朝鮮に派遣したくなかったんだ」

「どうしてですか」

浩太は身を乗り出した。

「三条、岩倉は、最初から清国とは対等に、しかし朝鮮とは一等、礼典を下げた条約でなければならない、と思っていたんだ。朝鮮が新政府との国交に応じなかった理由は文書に天皇とあったからだ、朝鮮にとって皇という文字を使えるのは清国皇帝だけなのさ。公家出身の二人には、天皇を認めない朝鮮は許せなかった。だから外務省の森山外務少丞は洋服を着て行って朝鮮側を怒らせ軍艦の大砲で威嚇する外交を行ったんだ。ところが西郷さんは烏帽子、直垂で軍艦も連れずに行くと言っていた。西郷さんは、江戸開城の時も戊辰戦争で敗北した庄内藩に乗り込んだ時も、どちらが勝者かわからないほど丁寧な態度で接したそうだ。西郷さんは、居丈高に威張ったりしない人だが、その西郷さんが朝鮮に行って対等に外交することは天皇の権威を損なうものだと二人には思えたんだろう。つまり、西郷さんは征韓論じゃなかったから、遣韓使節になれなかったのさ」

兆民は、にやりと笑った。

「大久保は、それを知っていて西郷さんの反対側にまわったんですか」

浩太は、

――西郷が使節として朝鮮に行っていたら、その立場を失っていただろう、その時、西郷は、本当に謀反人になっていたかもしれない
と言った大久保利通、謙司の顔を思い出していた。

「わたしは留学のことで大久保に世話になったからかばうと思われるかもしれないが――」

兆民は、ちょっと黙った後、口を開いた。

「大久保は、手を汚す仕事は自分がやるつもりで西郷さんを政府から去らせたんじゃないだろうか」


万軒での募金会の五日後、クララは勝屋敷を突然、訪ねてきた。

クララは一家とともに木挽町十四番地の家に住んでいるが、そこから人力車で来たのだという。この日は、はなやかな水色のドレスを着ていた。勝屋敷では、クララたちが来た時のために座敷にテーブルと椅子を置いていた。たみは、カステラとお茶を逸子と冬実に出させた。逸子はクララと仲がよかった。たみが奥に引っ込むとクララと逸子、冬実はおしゃべりを楽しんだ。クララは、募金のおかげで加藤九郎の娘が危機を脱したと話した。

「それは、よかったですわ」

逸子が、おっとりと言った。

「ソウデス、女性ガ悲シイ目ニアウナンテ許セマセン」

クララは、カステラを食べながら言った。

そして、冬実の顔を見て、

「トコロデ、オハルサンハ、誰ガ好キナノ、慎伍デスカ、市蔵デスカ」

興味深そうに訊いた。

「えっ、クララは何を言っているの。二人とも友達というだけよ」

冬実は、赤くなってクララをにらんだ。

「それって芳賀さんと益満さんのことよね」

逸子が目を輝かせて言った。クララが、うなずくと、

「おはるさんが好きなのは二人じゃないわ、宮崎八郎さんよ」

逸子は顔をクララに寄せて大事な秘密を告げるように言った。

「オー、ソウデスカ」

クララは大げさに驚いた。

「違うわ」

冬実は大声で言ったが二人は相手にしなかった。

「八郎モ、ステキデスネ。ダケド、ワタシハ――」

クララは二人の顔を悪戯っぽく見た。

「誰なの――」

思わず、冬実は身を乗り出した。

「益満市蔵デース」

クララは両手を広げて言った。えーっ、冬実はのけぞった。しかし、逸子は落着いた顔で、

「益満さんのどんなところがいいの？」

と訊いた。

「ソウデスネ、威張ラナイトコロ、強ソウナトコロ、優シソウナトコロデスネ」

クララは、うっとりして言った。

「でも、この間、一度会っただけじゃない」

冬実は、なぜかぷりぷりして言った。

「オー、回数ハ問題デハアリマセン。大事ナノハ――」

クララは二人を見てにこりと笑った。

「大事なのは何なのでしょう」

逸子は、微笑んで訊いた。

「ソレハ、ラブ、愛デス」

クララは確信ありげにうなずいた。

なるほど、と逸子と冬実は感心した。

「コノ前ノ募金会デ兆民サンタチハ自由、リバティーノ大切サヲ話シテイマシタ。リバティーモ大事デスガ、愛、恋人《ラバー》モ大事デス」

クララは青い目を輝かせた。そうね、と逸子と冬実もうなずいた。

「ワタシタチハ、コノ国デ出会イマシタ。ソノ出会イヲ大切ニシマショウ」

クララは二人の手を握った。

「益満さんのこと応援するわ」

逸子はクララの手を握り返した。

（わたしは、わからないわ——）

冬実はクララの手を握り返しながら胸の中でつぶやいた。なぜか、浩太の顔が浮かんでいた。

「誓イマショウ」

クララは言った。

「誓うって何を？」

冬実は目を瞠った。

「自由ダケデナク愛ヲ大事ニスルトイウ誓イデス」

「愛を大切にする誓い——」

逸子は、頬を染めた。

「ソウデス、ワタシガ言ウコトヲ繰リ返シテ言ッテクダサイ」

クララは逸子と冬実の目をのぞきこんだ。二人がうなずくと、

「ギブミーラブ、オア、ギブミーデス」

クララは大声で言ってドンとテーブルを叩いた。茶碗のお茶がこぼれ、皿のカステラが倒れた。それに構わずに逸子と冬実も声をそろえた。

「ギブミーラブ、オア、ギブミーデス」

奥の座敷で茶を飲んでいた勝とたみは顔を見合わせた。

「今のはなんだえ」

勝が怪訝な顔をすると、

「女の勝どきでございます」

たみは微笑んで言った。


同じ日、浩太は芝二本榎、大久保別邸の門前に立っていた。大久保が別邸にいるかどうかは、わからない。どうしようか、と思っていると、

「浩太はん、ようおいでやした」

門の前に着いた人力車から、声がかかった。

浩太がはっとして振り向くと、人力車に乗っていたのは、おゆうだった。

「あなたは――」

浩太も、その後、おゆうが大久保の第二夫人であることは聞いていた。しかし、なぜおゆうが浩太の名を知っているのか。おゆうは、外出から戻って来たところらしく人力車から降りると、

「きょうは大久保の御前はお見えにはなりまへんけど、おあがりやす」

にこやかに言った。遠慮する浩太を玄関に押し込むようにして女中を呼んだ。奥座敷に浩太を通したおゆうは茶を運ばせ、浩太にくつろいでくれ、と言った。

浩太は、母親によく似たおゆうの言うことには、何となく逆らえなかった。それでも、

「わたしは益満市蔵です。あなたは、なぜ、わたしのことを浩太と呼ぶのですか」

と訊いた。

「それが、あんさんの本名やと、御前、いえ加納謙司さんから、お聞きしています」

「親父は、そんなことを、あなたにしゃべったんですか」

浩太は、驚いた。

「へえ、不思議な、お話どすなあ、そやけど、わては信じてます」

「どうしてでしょうか。普通の人は信じてくれないと思いますが」

「加納はんは嘘をつかはる人やないことは女にはわかりますさかいな。それより、わては益満市蔵はんと話したかったんどす」

「益満市蔵とですか」

浩太は、困惑した。自分は益満市蔵であって、そうではないからだ。

「そうどす、市蔵はんの名は御前が昔、大久保一蔵と名のってはったのにちなんだ名や思います。御前の最初の御子やさかいなあ」

「益満市蔵は、大久保利通の息子なんですか」

浩太は、思いがけないことを聞いて愕然とした。

「あんさんが、加納はんの御子やとしたら、市蔵はんが御前の御子でも、なんの不思議もありません」

おゆうが、微笑みながら言うと浩太は、うなずくしかなかった。

「わては、あんさんに、お詫びせななりまへん」

おゆうは突然、両手をついて頭を下げた。

「よしてください、どうしたんですか」

「御前の御子やのにほっておいたことだす。御前も、あんさんのことは気にかけてはりました。そやけど、御前は国事に命がけで奔走されてきた方どす。自分の子供のことを振り返る余裕もなかったと思うてください」

「そうは言っても、わたしは大久保利通という人は冷たいと思っています」

浩太の中に怒りが湧いてきた。

しかし、それが浩太自身の怒りなのか市蔵のものであるのかは、よくわからなかった。

「いえ、それは違います。市蔵はんには、よう、おわかりやったと思います。そやさかい、東京に出てこられたのと違いますか」

「まさか――」

浩太は言葉を失った。益満市蔵が何の目的で東京に出てきたのかは、わからなかった。

「わては、市蔵はんは、父親の大久保の御前を助けるために東京に出てこられたのやと思います」

おゆうは、やさしく言った。

九

明治九年（一八七六）三月二十八日――政府は廃刀令を発した。政府は明治四年に士族の脱刀を許していたが、ここに軍人と一等巡査以外には帯刀を許さないとしたのだ。士族の最後の誇りを打ち砕く法令だった。

九州、肥後（熊本県）の新開大神宮で深夜、衣冠束帯に身を固めた四十過ぎの男が神前で何事かを祈念していた。男は、

――宇気比《うけひ》

と呼ぶ神意を問う神事を行っているようだった。

神前には、

「決起」

「自重」

と書いた二枚の料紙が三方の上に置かれている。いずれを選ぶか神意を聴こうというのだ。神前に額ずいた男を神社の蠟燭が照らしていた。男は奇妙な声を上げて体を震わせ始めた。神が降りたのだろうか。その男の様子を境内の片隅で二人の男がうかがって

いた。着物の裾を端折って股引、草鞋履きで風呂敷包みを背負って旅の行商人のように見える。
男たちは警視庁が放った密偵だった。見張られているのは肥後の敬神党、あるいは神風連と呼ばれる神道を尊崇する思想団体の首領の、
――太田《おおた》黒伴雄《ぐろともお》
だった。太田黒は熊本藩の軽格武士の家に生まれ、大野鉄兵衛の名で幕末には勤皇活動を行った。神風連の指導者は国学者、林桜園だったが明治三年に死んでからは太田黒が後継者となった。神風連は刀を日本の象徴だと考えていた。五年前に脱刀の自由を許す法令が出ると士族も大半が日常的な帯刀はしなくなったが、神風連だけは刀を帯びることを止めなかった。廃刀令は神風連を憤激させていた。
目を閉じて祈念をこらす太田黒の額に汗が浮いている。やがて、
――うっ
太田黒は、うめいて目を開けた。その瞬間、三方の一枚の紙に、ぼっと火がついた。青白い鬼火のような火が、めらめらと紙を燃やしていった。燃える紙には、
――決起
と書かれていた。文字を見て太田黒は、満足そうにうなずいた。
その顔を境内の片隅で見た密偵の瘦せた男が首をかしげた。密偵は、もう一人の太った男の手を取ると手のひらに指で、

「アノ男、昼間見タ、太田黒ト顔ガ違ウ――」

と書いた。太った男は、驚いて太田黒の顔をうかがったが、あっと声を上げそうになって口を手で押さえた。太った男は、せわしなく痩せた男の手のひらに指文字を書いた。

「アレハ、キリノダ」

「キリノ？」

「薩摩ノ桐野利秋」

太った男は目を見開いて震えていた。痩せた男もおびえた表情になって、立ち上がると、境内から立ち去ろうと手で合図した。二人は闇の中を足音を忍ばせて境内の外へ向かった。その時、宙から声が響いた。

「神域を血で汚せぬ、はよう境内から出よ」

密偵たちは、ぎょっとして石段を駆け降りた。二人が境内から出た瞬間、ぶわっという音とともに怪鳥のような黒い影が宙を飛んだ。黒い影が二人の頭上を飛び越えた時、肉が断ち割られる音が響いた。二人の密偵は、ゆっくりと倒れた。太った男は肩から腹にかけて凄まじい斬り口で斬られていた。太った男は、倒れる前に、

――桐野
とつぶやいていた。痩せた男は、首を斬られ、皮一枚でつながるだけになっていた。

黒い影は地面に降り立つと刀を手に持ったまま、しばらく呆然としていた。

あまりに凄い太刀技を自分が使ったのが信じられなかった。

(神が降りたのかと思ったが、あるいは何か別な憑依霊だったのかもしれぬ)

太田黒は月明かりで血に染まった刀を見ながら胸の中でつぶやいた。その時、密偵らしい男が死ぬ前に、

——きりの

と言ったことを思い出した。ひょっとすると薩摩に隠棲したという桐野少将のことか、と思った。

(決起するならば薩摩の力を借りねばならん)

太田黒は二人の密偵の死体を見下ろしながら決起する覚悟を固めていた。

四月十七日、山口県萩の前参議、前原一誠《まえばらいっせい》の屋敷を洋服姿の品川弥二郎《しながわやじろう》内務大丞が訪れていた。前原と品川は吉田松陰の松下村塾門下生で前原は四十五、品川は三十二になる。

前原は維新後、越後府判事を務めたが水害の際に政府の指示を受けずに困窮した人民のために減租を行って、とがめられたことから政府に不満を持ち、木戸孝允とも対立するようになった。明治三年九月には官職を投げ打って帰郷していた。

品川が前原を訪ねたのは、近ごろ萩の士族の間に政府への不平が強く、前参議の前原をかついで蜂起するという情報があったからだ。

「弥二郎、もうわかった。わしは乱を起こしたりはせん」

前原は色黒で頬骨がはった顔をしかめて言った。

「さようですか、これで木戸さんも安心されましょう」

色白でととのった顔立ちの品川は、にこりと安心したように笑った。前原は、木戸の名を聞いて、嫌な顔をした。

「だが、政府は一月に、わしのところに薩摩の使者を名乗る密偵を送りこんできた。わしを無理やり立たせたいのは、木戸なのではないのか」

前原が猜疑心のこもった目で品川を見た。まあまあ、と品川は両手を上げて前原をなだめた。前原が言う通り、密偵は薩摩の使者だと騙して前原から薩摩とともに蜂起するという言質をとったのだ。品川は、前原が決起しないと約束したことに満足して、そそくさと前原屋敷を出た。品川が屋敷の門から出た時、道端に竹皮の笠をかぶり木綿の筒袖に股引をはいた農民らしい男がいた。

頭を下げ品川を見送ったが笠はとらないままだった。通りすぎた品川は一瞬、笠もとらずに無礼な奴だと思った。それに男が、筋骨たくましい体つきだったことと、傍らに細長いこも包みを置いていたのも気になった。あるいは不平士族が変装して前原の近くをうろついているのかもしれないと思ったが、すぐに忘れた。前原の周囲は密偵が抜かりなく見張っている。怪しい者が近づけば品川に報告が上がってくるはずだった。

品川が去った後、男は、まわりを見渡してから悠然と前原屋敷の門をくぐった。

男が庭にまわると前原は待っていたように縁側に出てきた。

「さすがに弥二郎を斬りはしなかったようだな。大事の前の小事というわけか」

前原は皮肉な笑顔で言った。

「旧幕のころなら門を出て三歩も歩かせずに斬り捨てていただろうな」

男は野太い声で言った。笠の下の表情はわからない。

「だが、間違いなく、薩摩は立つのだろうな」

前原は不安そうに聞いた。

「間違いない。政府の密偵が化けた偽の使者でないことは、わしの顔を見ればわかるだろう。佐世殿――」

男は以前は佐世八十郎と称していた前原の旧姓を呼んで笠をちょっと上げた。

笠の下には前原が京にいたころに会ったことがある中村半次郎、桐野利秋の顔があった。前原は、幕末、人斬りと呼ばれて恐れられた男の目を見て、ぶるっと身震いした。

この日、しかった。前原は、男は夕刻まで前原屋敷にいて何事かを話していたが、夕闇がおりるとともに、そっと外へ出た。政府の密偵が隙間無く見張っているはずだ、と思った品川の確信は正しかった。前原屋敷を出た男を三人の密偵が、すかさず尾行した。しかし密偵たちは、男の行方を突き止めることはできなかったようだ。

翌日の早朝、前原屋敷の東側を流れる松本川の河川敷で三人の行商人の斬殺死体が見つかった。いずれも肩先から腹部まで深々と斬り下げられ、一太刀で絶命していた。

これより少し前、四月初め——品川沖に着いた船から数十人の男が降りてきた。船の者たちが目を瞠ったのは男たちが船中では着物だったのに船を降りる前に一斉に洋服に着替えたことだ。しかも男たちは、刀をこも包みにして品川の宿場に預けると分散して市中に入っていったという。船の者たちが気味悪く思ったのは、男たちは寡黙だったが、わずかばかりの会話が薩摩言葉だったことだ。

このことは評判になり、東京曙新聞でも薩摩人百数十人が東京にひそかに入り、警視庁でも大官の屋敷を日夜、警戒するようになった、と報じた。

しかし、この男たちが浜町の従二位島津久光の屋敷に入ったことを知ったら驚きつつも一方で納得するだろう。これだけ多数の薩摩人が東京で身を寄せる場所としては久光の屋敷しかなかったからだ。久光は明治六年政変で西郷が鹿児島に去った後、六ヶ月後に左大臣に任じられた。政府としては西郷が帰ってからの薩摩閥の動揺を久光を重用することで抑えたかった。朝廷の官制としては右大臣より左大臣が上位であり、久光は岩倉の上に立ったことになる。しかし、久光が左大臣に就任して直ちに行ったのは二十五ヶ条の意見書を政府に出すことだった。礼服、兵制、暦など、政府がこれまで行ってきた諸改革を、

——元に戻せ

という内容だった。しかも、これに加えて、

——大久保異議あるときは免職願いたてまつる

と大久保の罷免を名指しで求めていた。さらに大隈重信についても汚職の疑いがあるとして辞めさせるよう要求した。

政府は、これに応じようとしなかったが、久光は、このことを華族仲間に訴え、このため八月には中山忠能《ただやす》、嵯峨実愛《さねなる》、松平慶永《よしなが》、伊達宗城《むねなり》ら幕末に活躍した公家、大名出身の華族が久光を擁護して政府を攻撃する騒ぎになった。久光は明治八年になっても太政大臣三条実美を弾劾するなど政府内部で獅子のように荒れ狂い、ついに天皇に三条実美弾劾の上奏文を出す直訴まで行った。

これをことごとく退けられた久光は怒って辞職し、浜町の屋敷に引きこもった。

去年十月のことだ。久光は、この年、五十八歳。

かつて過激な勤皇派藩士を上意討ちにさせた寺田屋事件、行列の前を横切った外国人を斬らせた生麦事件を引き起こした鋭気は衰えていなかった。怪しい薩摩人たちが東京入りした日の夜、久光の屋敷の庭先に洋服姿で顔には黒い覆面をした男が片膝をついてひかえていた。丁髷《ちょんまげ》をして眉の太い下ぶくれの顔の久光は着流しで縁側に出てくると庭の男を鋭い目で見下ろした。

「西郷を立たせる算段がついたのじゃな」

久光は男をつめたい目で見て言った。旧幕のころなら目通りなど許さなかった身分の男だ。

「御意――」

男は短く答えて頭を下げた。

「今の政府は西郷に兵を率いて上京させて倒すしか手が無さそうだ。何としても西郷に大久保を討たせねばならぬ」

久光は癇癪持ちらしく、こめかみをぴくぴくとさせて言った。

「されば大山県令によろしくお伝えのほどを」

「うむ、西郷が立つなら武器弾薬、あらゆる便宜を図らわせよう」

久光は、口もとを引き締めて言った。しかし、ふと疑念がわいたように、

「じゃが、わしがいくら上京するように言っても出てこようとしない西郷が、まことに立つのか」

「まず肥後で変が起き、萩でも火の手が上がりもす。さらに薩摩の若者を罪に落としもす。されば、見捨てることはなさらん御仁です」

覆面の間からのぞいた男の鋭い目が、きらりと光った。久光は男の言葉に満足そうにうなずいた。

「佐賀の乱は佐賀者が不覚ゆえ、大したこともなく終わったが、今度は、そうはいくまい。西郷が兵を率いて上京すれば、その時は、わしは左大臣などではなく征夷大将軍になれよう」

久光は、にやりと笑ってから男に命じた。

「わしも明日、鹿児島《かごんま》に戻る。今後の連絡は、無用じゃ」

最後に男の名を呼んでやったのは、久光にしては破格の待遇だった。
——行け、中村半次郎
男、桐野利秋は、のっそりと立ち上がった。

八月になった。

勝屋敷で久しぶりに浩太、舜、美樹、冬実が集まり、八郎もその場に来ていた。

八郎が熊本に舜とともに帰ると突然、言い出したのだ。五人はテーブルと椅子を置いた十二畳の間で話していた。この日、勝は所用があって出かけている。

「七月に政府が国家の安全を妨害するという理由で政府の意に沿わない新聞、雑誌の発行停止を命じるようになったことは、みんな知っとるやろう。評論新聞もやられた。海老原さんは、すぐに中外評論を出し始めたが、こっちも間も無くやられるだろう。そこで熊本に帰って新しい道を探ろうというわけたい」

八郎は、カステラを食べつつ明るい表情で言った。

「熊本に帰って何をされるんですか」

冬実が、がっかりした顔で訊いた。

「以前、植木学校というのをやっていたが、これは僕が東京に出てしまったこともあって半年でつぶしてしまった。今度は、じっくりやるつもりたい」

八郎は、にこりと笑った。

「舜、いや芳賀君は八郎さんを手伝うつもりなのか」

浩太は舜を見た。

「うん、学校をつくるのかどうかは、まだわからないけど、東京では、もう動けそうにないからな」

舜はうなずいた。

「二人とも嘘を言っているわ」

突然、美樹がうつむいて言った。

「熊本に行って学校なんか作らないわ。鹿児島で西郷さんが反乱を起こしたら、それに参加するつもりなのよ」

美樹は、かすれた声で決めつけるように言った。冬実は美樹の言葉を聞いて、さっと青ざめた。

「おい、本当か」

浩太は声を大きくして舜をにらんだ。八郎と舜は困ったように顔を見合わせた。

八郎が、何か言おうとした時、縁側の方で女と男の声がした。

「ドキナサイー」

「なんだよ、女がどけよ」

「オー、失礼ナ、ボーイデスネ」

「ボーイじゃない、梅太郎だ」

「ジャア、失礼ナ、梅太郎」

「女のくせに、男を呼び捨てにするな」

「ナニ言ッテイマスカ、梅ノクセニ」

「梅じゃない」

どうやら、クララと勝の子、梅太郎が口喧嘩しているようだった。

「あの二人、いつも、こうなのよ」

冬実が縁側に出てみると、すでに十二歳になって少年っぽくなった梅太郎とクララが縁側の真ん中でにらみ合っていて、その後ろで逸子が笑っていた。

「梅太郎さん、西洋の女性には礼儀正しくするものよ」

逸子が、やさしくたしなめると梅太郎は、ぷいとそっぽを向いて庭に飛び降り、下駄をつっかけてどこかへ行ってしまった。その後ろ姿を憤然として見送ったクララは冬実たちを見ると、にっこりして手に持っていたバスケットを上げて見せた。

「ワタシノ家デ逸子トカップケーキヲツクリマシタ。ミンナデ食ベマショウ」

クララは逸子と部屋に入ってきたが、浩太が舜をにらんでいるのを見て、冬実に、

「何カ、アリマシタカ？」

と訊いた。

「八郎さんと芳賀さんが鹿児島の西郷さんが反乱を起こしたら、それに参加するために熊本に行くというんです」

美樹が、舜の顔を見つめて言った。

「オー、戦争デスカ、男性ハ、ミンナ戦争ニ行キマスネ」

「クララも止めてよ」

冬実が頰をふくらませて言った。

「イエ、男性ハ戦ウ時ハ戦ワナケレバイケマセン」

クララは指を立てて言った。

「クララ――」

美樹が悲鳴のような声を上げた。クララは、バスケットを置いて傍によると美樹の肩を抱いた。

「ギンサンハ慎伍ノ恋人デスネ、悲シイノハワカリマス、デモ男性ハ戦ワナケレバナリマセン、見送ルノガ、嫌ナラ、女ハ一緒ニ行ッテ戦エバイインデス」

クララは自信ありげに断言した。

「そうか、一緒に行けばいいのか」

美樹が、目を輝かせた。

「クララ――」

今度は舜が非難するような声を出した。まあまあと八郎が両手を広げた。

「確かに、僕たちが熊本に行くのは西郷が決起した時は呼応したいという気持はあるばってん、西郷が立つと決まっているわけじゃなかたい。そうならなければ地方で自由民権の運動ば起こそうというのも嘘じゃなか。すべては、これからのことですたい」

「じゃあ、舜君、いえ芳賀さんは、西郷さんが反乱を起こしても加わらないで東京に戻ってくれますか」

美樹は思いつめた目で舜を見た。舜は、腕を組んで目を伏せた。

「僕は江藤先生をむごたらしく殺した大久保政府が今も許せない。だからと言って復讐のためだけに行動するつもりはない。中江兆民先生が、この国に伝えた自由という思想は大切だと思う。その思想を広げるために新聞で闘いたいと思ったけど、新聞は今、政府に弾圧されて発行することもできなくなった。後、僕にできることは――」

「それじゃあ、皆で帰ろうと言った約束を破るのか」

浩太が怒鳴った。許してくれ、と言いながら舜は頭を下げた。

「何っ」

浩太はテーブル越しに舜の胸倉をつかんだ。冬実が悲鳴をあげるのと八郎が浩太の手を押さえるのが同時だった。

「わかった、わかった。僕が芳賀君には軽挙させんことを約束するよ。それでいいだろう、僕を信じたまえ」

八郎が、皆の顔を見まわした。美樹が両手で顔をおおって泣き出した。

浩太は、しぶしぶうなずいたが二ヶ月後には後悔することになった。

――十月二十四日、熊本で神風連が決起
　同月二十六日、萩で前原一誠決起

　西南戦争直前の動乱の火蓋が切られた。神風連は二十四日夜、ひそかに熊本鎮台がある熊本城近くの屋敷に集結した。総数百七十余人だった。弓のような月がかかっている夜だった。ほとんどが白鉢巻にたすきがけという姿だったが、中には先祖伝来の鎧をつけている者もいた。銃器の類は持たず、武器は刀と槍だけだ。神風連にとっては神意こそ最大の武器だったのかもしれない。

　――午後十一時五十分

　城下にある熊本鎮台司令長官、種田《たねだ》政明《まさあき》陸軍少将の屋敷の門前に不吉な影のように神風連の五、六人が立った。影たちは梯子をかけて、するすると門を越えて屋敷に侵入すると疾風のように種田を襲って斬殺した。

　さらに安岡良亮県令の屋敷も襲撃され、安岡も斬られた。太田黒伴雄が率いる百数十人の本隊は熊本城に斬り込んだ。門を乗り越え、歩哨を斬ると寝静まった兵舎に音も無く忍び寄って襲撃した。熊本城内は大混乱となった。すでに司令長官は斬殺されている。最高指揮官のいない熊本鎮台は混乱に混乱を重ね、その間に神風連は魔物のように城内での斬殺を続けていった。斬り立てられた鎮台兵たちも、やがて小銃による反撃を開始した。

　それを見て太田黒は、にやりと笑った。

――きゃあーっ
　奇怪な叫び声とともに太田黒は白刃を振るって鎮台兵に襲いかかった。鎮台兵は小銃を撃つ余裕も無く太田黒に斬られていった。その死体を心得がある者が見たら目をむいただろう。示現流の体を二つに断ち割るほどの斬撃だった。やがて兵舎に火の手があがった。

　その騒ぎに熊本市塩屋町の下宿にいた八郎は布団をはねのけて、がばりと起きた。

「芳賀君――」

　声をかけるまでもなく隣に寝ていた舜も跳ね起きていた。

「城の方角や」

　舜が言った時には八郎は起きて袴をつけて、

「おおかた、敬神党（神風連）の決起たい。どんだけのことができたか見物に行こう」

　にやりと笑いながら言った。舜も起きて手早く身支度した。

　二人が下宿屋を出て暗い夜道を城に向かって走ると途中には騒ぎを聞きつけた人々が出てきていた。走っていく八郎を見て、道端の人々の中から、

「八郎たい――」

「民権党も立つとじゃろうか」

　という声がささやかれた。八郎は、そんな声がした方をじろりとにらんで進んだが、

神風連の乱が東京に伝えられて間も無くのことだ。浩太と美樹は西郷従道に呼ばれて十畳の客間に行った。そこには制服姿の警視庁大警視、川路利良もいた。

「おはんたちに頼みたかことのある」

従道は、厳しい表情で言うと川路を見た。川路は、うなずくと、

「二人で鹿児島に行ってもらいたか」

鋭い目で二人を見て言った。

「鹿児島へですか？」

浩太は、目を瞠った。うむ、とうなずいた川路は、

「おはんたちも熊本の神風連の乱のことは聞いておろう。神風連の乱は一晩で鎮圧されたし、萩で前原一誠が起こした乱も間も無く片付くじゃろう。問題なのは鹿児島のことじゃ。実は、今年四月に東京に怪しい薩摩の者が入り込んだということがわかっておる。その薩摩者が浜町の従二位様の屋敷に入っておったことはわかっておったが、近ごろ、その屋敷に勤めておった女中が里帰りしたおりに、従二位様が覆面の男と面談されて、その

男を半次郎と呼んでおったと洩らしたとじゃ」

浩太は厳しい顔になった。

「半次郎？」

「そうじゃ、桐野に間違いなか。桐野が従二位様と通じておるとなると事は重大じゃ」

川路の目がきらりと光った。従道も身を乗り出した。

「兄さァは従二位様が乱を起こせと言われても承知されんじゃろう。壮士連中が騒いでも、それを抑えなはる。じゃっどん、従二位様と桐野が結んだとなると危なか。兄さァを鹿児島の不平士族の人質にとられたようなものになろう」

「西郷先生が人質ですか」

浩太は従道の意外な言葉に驚いた。

「そうじゃ、西郷先生をかつぐ士族だけが決起すれば数千の勢力じゃろう。しかし従二位様の内意があれば鹿児島をあげて万を越す兵が動く。これは乱ではのうて戦《ゆっさ》じゃ」

川路は、緊張した顔で言った。

「それで僕たちは何をするのでしょうか」

「西郷先生に単身で東京へ出てもらうごと説得してもらいたか」

「東京へですか」

「ああ、西郷先生さえ東京へ出ていただければ鹿児島でも戦は起きん。そのために、おいは警視庁巡査で薩摩の者をひそかに鹿児島に派遣して西郷先生を東京へ連れてこさせるつもりじゃ」

「誘拐？」

浩太は美樹と顔を見合わせた。はっは、と従道は笑った。

「兄さァをさらうなどできることではなか、じゃが、兄さァは壮士たちに取り囲まれて幽閉されておるのと同じじゃと思わねばならん。兄さァが山へ猟にでも出た時に潜入させた巡査たちにひそかに警護させ、鹿児島湾まで来てもらう。川村純義《かわむらすみよし》海軍大輔が艦長となって軍艦を鹿児島湾にまわしておくつもりじゃ。川村は、わしたちにとって従姉妹の婿じゃ、兄さァも若い時から可愛がってきた男じゃから安心して乗船されるじゃろう」

川路が膝をのり出した。

「そのためには、おはんたちに、あらかじめ西郷先生に、よう話しておいてもらわねばならん。警視庁巡査が、先生に近づくことは難しかが、おはんとぎんが先生に可愛がられておったことは桐野たちも知っとる。そのおはんたちが夫婦になって里帰りして先生のところにあいさつに来たということなら警戒の目もゆるむじゃろう」

「わたしたちが結婚するんですか」

美樹は思わず声を上げた。

「鹿児島までの形だけのこったい。もっとも二人がまことに夫婦になりたければ、おいが媒酌ばすっど」

川路は、からからと笑った。しかし従道は、真面目な表情になって、

「このままでは、兄さァは従二位様と桐野の悪謀の犠牲となって謀反人になるかもしれん。兄さァを鹿児島から救い出すには二人に働いてもらうしか手がないのじゃ。桐野に気づかれれば斬られるかもしれん危なか任務じゃが、なんとか引き受けてもらいたか。桐野は益満どんにとって休之助どんの仇でもあるのだ」

と言うと両手をついて頭を下げた。従道にそこまで言われて断ることはできない、と浩太は覚悟した。美樹も口もとを引き締めてうなずいた。

二人は翌日には、旅支度をして従道の屋敷から出発した。新橋から汽車で横浜に行き汽船に乗って三日後に神戸に着いた時には天候不順で海上は荒れていた。しかたなく港の近くの旅籠で一泊することにした。旅籠は同じような旅商人などの旅客でごった返していた。

旅客たちの噂では、萩で決起して県庁を襲った前原一誠は、蜂起に応じる兵が少なかったため、いったん萩を離れて兵を徴募し、再び萩を襲撃した。十一月二日、三日の二日間にわたって鎮台兵との間で激戦が行われたということだった。

しかし、この時、前原は一日には幹部とともに漁船で萩を脱出していたらしい。

前原が何の目的で脱出したのかは、よくわからなかった。

残された反乱軍は、それでもよく闘い、五日になって大阪鎮台兵が増援され、海上か

ら軍艦による砲撃が行われて六日にようやく鎮圧された。前原は、その後、海路、島根へ向かったが捕縛されたとも、あるいは逃げのびたとも言われた。その夜旅籠の行商人や浪曲師、猿回しなど泊り客の間で前原の評判はさんざんだった。

「せっかく乱を起こしておいて大将が先に逃げだすんだから話にならないね」

髪を長く伸ばした浪曲師が相部屋の行商人を相手に酒を飲みながら大声で言った。

「旗揚げして集まったのも、せいぜい四、五百人だったらしいね」

若い行商人が茶碗の酒をなめるように飲みながら言った。

「そうだよ、なんと言っても薩摩の西郷さんが立たなきゃ、どうしようもない。西郷さんが立てば数万の不平士族が付き従うっていうから、たいしたもんだ。そうなりゃ、全国の鎮台兵と人数で五分だし、なにしろ勇猛天下に轟いた薩摩隼人だ、農民上がりの鎮台兵なんか木っ端微塵になるだろうよ」

「そう言えば大阪から岐阜、和歌山にかけて近畿一円のお百姓が一揆を起こしそうだっていう噂ですよ」

行商人が言うと浪曲師は目をむいた。

「なに、一揆を？」

「御維新この方、お百姓衆も年貢は金で納めなくちゃいけなくなった。ところが、近畿での今の米相場は一石三円五十銭ぐらいだが、お上が地租を決めた米の値は一石五円四十九銭で二円近く高いんだからたまらねえですよ。村じゃ首でもくくるしかしょうがねえって殺気立っているから間も無く大騒動になりそうですよ」

「なるほど、そんな時に西郷さんが立ってくれれば――」

「世の中、ひっくり返りますよ」

二人が、思わず声を高くすると隣の部屋にいた洋服の官員らしい男が襖をがらりと開けた。髭を生やした三十ぐらいの痩せた男は、

「こら、お前ら、不都合なことを言っておると見過ごしにできんぞ。萩の前原一誠も六日には出雲の日御碕近くで捕らわれたそうじゃ。間も無く萩に送られて斬罪になるじゃろう。不穏なことを噂する者も同罪じゃぞ」

と目を怒らせて脅した。浩太と美樹は廊下をはさんで向かいの部屋にいたが、官員に怒鳴られて浪曲師たちが、しゅんとなるのを見ると襖をしめた。

夫婦として泊まっているから、すでに布団が二組、用意されている。二人は布団を敷いて寝ようとしたが、何となく息苦しかった。不意に美樹が暗闇の中で起き上がると浩太に顔を寄せて、

「ねえ、西郷さんを鹿児島から脱け出させることができたら、わたし熊本に行ってもいいかな」

と言った。浩太は美樹の匂いに胸苦しさを感じたが、

「ああ、俺もその方がいいと思っていた。西郷さんを脱け出させるのは難しいと思うけど、美樹が熊本へ行けば西南戦争が起きる前に舜を東京へ連れ戻すことができる」

「舜君は、わたしが説得したら西郷さんの反乱に加わるのあきらめてくれるかな」

「戦争が始まる時に美樹が来たら、そのまま放っておけるような奴じゃないよ」

そうか、安心した、と言って美樹は布団に入った。そして暗い天井を見上げて、

「でも浩太君は、西郷さんが東京に行かないと言ったら、どうするの」

「わからないけど桐野を狙うかもしれない」

「桐野を？」

「以前、舜が言っていただろう。桐野を倒せば、俺たちは元の世界に戻れるかもしれないって。それだけじゃない、桐野は益満休之助の仇でもある。益満市蔵にとって桐野は斬らなきゃならない相手なんだ」

「でも、桐野利秋って強いんでしょう」

「強い、あんな強い奴は見たことがない」

暗闇の中で浩太の目は木刀を構えた桐野を見ていた。木刀でも桐野が、その気になれば簡単に浩太を殺しただろう、と思った。

「わたし嫌だよ――」

「えっ」

「舜君が死ぬのも嫌だけど浩太君が死ぬのも嫌だ」

「そうか」

浩太は笑った。美樹が布団から出て浩太のそばに寄ってきた。浩太は、どきりとした。

「わたしね、心が二つある」

「二つ？」

浩太はのどが渇くのを感じた。

「うん、柳井美樹は志野舜が好き、だけど得能ぎんは益満市蔵が好きかもしれない」

「そうか、俺もそんな感じがする。だけど、俺は益満市蔵じゃない」

「そう言いきれるのかな？」

美樹は手をのばして布団の下の浩太の手をにぎった。

「だけど、君は美樹だ」

「そうじゃないかもしれない、得能ぎんの心が泣いているような気がするの」

美樹が泣いているような気がした。

浩太は目を閉じたまま美樹の手をにぎっていた。この手は得能ぎんの手だと浩太は思った。


同じ夜、大久保は、屋敷に新築した西洋館の中の書斎でランプの灯りの下、書類を見ていた。大久保にとって今、最大の課題は西郷と島津久光が帰国して独立国のようになっている鹿児島県への対策だった。

西郷は佐賀の乱の後、鹿児島に私学校をつくった。県令の大山綱良《おおやまつなよし》が、これに協力して私学校生徒を県の役人としたため、鹿児島はあたかも西郷王国のようになっている。

川路の報告によると島津久光は、西郷に兵を率いさせて上京させることを企んでいる気配だという。大久保、いや謙司は西南戦争は避けられないだろう、と考えていた。

しかし、今では大久保の心もわかるようになっていた。西郷は、藩主の島津斉彬に見いだされて国事に奔走するようになったが、その姿は大久保にとって眩しいものだった。

大久保も、その後、久光に近づいて藩を動かすようになったが、久光とは斉彬と西郷が師弟のように国事を語り合った光彩に満ちた関係ではなかった。西郷は常に陽光に照らされながら活躍してきたが、大久保は月光の下でひそやかに動いてきた。


——おいは、それでよか、光の中を歩いて皆の心を感奮させるのが西郷さぁの役目、闇の中で泥にまみれて権力の水路をたどるのが、おいの仕事じゃ

大久保の心は、そう謙司にささやきかけてくる。

謙司は、ふと窓の外に目をやった。川路が先日、西郷を東京に連れてくるために鹿児島に巡査を派遣したい、ついては、その先駆けとして益満市蔵という若者を出発させた、と報告してきた事を思い出した。

（浩太は西郷を東京へ連れ戻せるだろうか。わたしたちが知っている歴史と同じなら、そんな事はできない。その時、浩太はどうするのか——）

ひょっとすると謙司への反発から西郷軍に加わるのではないだろうか。

（そうなると西南戦争は大久保というより、わたしにとって辛い戦になる）

そのことは江藤新平を処刑した時に覚悟しなければいけなかったのかもしれない、と謙司は思った。

浩太と美樹を乗せた定期汽船は神戸から四日かけて鹿児島に入港した。益満市蔵の実家は伊集院、ぎんの実家は城下にあったが、二人とも家には寄らないことにしていた。着いたのが昼過ぎだったから、そのまま西郷の家を訪ねることにした。

二人とも途中で買った笠をかぶった。男尊女卑の薩摩で男女が並んで歩くわけにいかないため、美樹が浩太の少し後からついて行った。西郷は城下の西、甲突《こうつき》川の河畔、加治屋町の生まれだが今の家は城下から少し離れた武《たけ》というところにあるはずだった。浩太と美樹が西郷の屋敷前に立った時、屋敷の中から三十ぐらいの男が出てきた。

大柄で眉と鼻が太い顔が西郷によく似ていた。浩太が、笠をとって頭を下げ、

「西郷従道の書生、益満市蔵と申します、東京から戻りましたので西郷先生に、ご挨拶に参りました」

と言うと男は、にこりと笑った。

「おいは弟の小兵衛ごわす。せっかく来られて気の毒じゃが、兄さァは、近ごろ山に入って猟ばかりで、めったに家には戻りもはん」

西郷が壮士連中に会うのを避けるため、ほとんど山に入って猟師同様の暮らしをしていることは浩太たちも東京の評論新聞で読んで知っていた。

「それでは、どちらへうかがえばよろしいでしょうか」

「さあて、どこへと言うても」

小兵衛は、人の好さそうな顔を困惑させたが、ちらりと美樹を見て、

「実は、桐野さァたちから、近ごろ怪しか噂があるから兄さァの居所は東京から来た者には教えるなと言われちょってな」

と正直に言った。小兵衛は、従道のように官途につかず西郷家を守り、西郷のために役立つことだけを念願にしている篤実な男だということを浩太も聞いていた。

「怪しい噂と言いますと」

「政府が刺客を放って兄さァを暗殺しようとしているという噂じゃ」

小兵衛は、あっさりと打ち明けた。

「俺たちは刺客なんかじゃ――」

浩太は、あわてて言いかけた。

「お前《まん》さァたちを見れば、よか若者《にせ》どんとおごじょじゃ、刺客じゃなかことはわかっちょるが、なにせ辺見十郎太《へんみじゅうろうた》たちが、うるさかで」

「辺見さんが――」

「おう、十郎太は知っちょるな」

はい、と浩太は、うなずいたが、困ったことになった、と思った。

辺見十郎太は近衛士官で小網町の西郷の屋敷に入り浸っていたから浩太は何度も会っている。赤茶けた髪で目が猛獣のように鋭い薩摩好みの勇猛な男だ。

しかし乱暴すぎて浩太は苦手だった。小網町の屋敷で剣の稽古をつけてもらったことがあった。辺見は勇猛だが桐野のような剣の腕は無い。浩太が小手を打つと、辺見は怒って顔を真っ赤にして木刀を素手で奪い取り浩太の頭をさんざんなぐった。

あの辺見が西郷を警護しているのなら、浩太が美樹を連れていても東京から来たというだけで怪しむだろう。西郷に会わせはしないだろうし、どんな目にあわされるかもわからなかった。浩太が考え込んだのを見て小兵衛は、

「実はな、兄さァは、今、日当山《ひなた》の温泉におっとじゃが、刺客の噂が伝わったで、辺見らが警戒しちょる。じゃっどん、兄さァは警護されるのは嫌いじゃから、間も無く移りなさるじゃろう」

小兵衛は、謎めかして言うと浩太の顔をじっと見た。そして浩太に顔を近づけて、

「お前さァ、東京から何か伝えることがあって来たとじゃろう」

とささやいた。

浩太が従道の書生だと名のったことで何事か察したようだった。浩太は、思い切ってうなずいた。すると小兵衛は、にこりとして、

「今すぐ会わんでもすむなら、小根占《こねじめ》の村へ行っちょればよか、兄さァはひと月もすれば、そこの平瀬十助という人のところに厄介になるじゃろう」

と早口でいった。小根占は大隅半島の先端に近い海岸の村だった。

「小根占なら、わたしの親戚があります」

美樹が浩太に近づいて言った。

「そいは、好都合じゃ」

小兵衛は、そう言って大きく伸びをしようとしたが手を上げかけて顔をしかめた。

「悪か奴が来た」

小兵衛の言う通り、着物を尻端折りし、股引に脚絆をつけ、草鞋履きの男たち数人がこちらに歩いてきた。それぞれ袋に入れた棒のような物を持っている。刀のようだった。先頭を大股で歩いてくるたくましい男は辺見十郎太だった。辺見は近づくと浩太に目ざとく気づいて、

「おはん、警視庁巡査の益満じゃな」

と大声で言った。その声にまわりの男たちが、巡査じゃと東京から来た密偵じゃなかか、刺客かもしれん、と騒ぎ出した。

小兵衛が、悠然として、

「騒がんでよか、こん若者は嫁ごばもろうて里帰りしただけでごわんど、兄さァが鹿児島に戻れば顔を出せと言われとったそうな」

と言わなければ殺気立って乱暴したかもしれない。しかし、辺見も浩太が西郷に可愛がられていたことは知っていたし、従道の屋敷にいた美樹の顔も知っていた。

「お前さァ、得能のぎんさァじゃな」

辺見は、なめるように美樹の顔を見ると、

「国家の大事もわきまえんと女子《おなご》にうつつを抜かすとは軟弱者め」

吐き捨てるように言った。袋に入れた刀をそろりと持ち替えたところを見ると浩太が激昂すれば斬るつもりだったかもしれない。

浩太は、すっと前に出て、

「僕は刀も持たん丸腰です。刀を持たぬ者に雑言を吐いて卑しめるのは薩摩隼人の作法ですか」

と、きっぱりと言った。途端に小兵衛が、

「こりゃあ、若者《にせ》どんに一本やられたぞ」

と大声で笑い出した。辺見も具合が悪い顔になると、そっぽを向いてそのまま男たちと歩き去った。

浩太と美樹は一度実家に戻って、従道から西郷への連絡を命じられたとだけ打ち明けて小根占に行った。小根占へは鹿児島の浜から船を雇って向かった。小根占にある得能家の親戚は幸いなことに西郷が寄宿する予定の平瀬十助の屋敷に近かった。

浩太と美樹は、すでに東京で祝言をあげた夫婦ということにして、親戚の家の離れに泊めてもらい西郷を待った。十二月半ばになって西郷が二頭の犬を連れて小根占に来た時、最初に気づいたのは、美樹だった。平瀬の屋敷に入ろうとする西郷は絣の着物に股引、脚絆をつけ、草鞋履きで猟師か何かのような格好だった。美樹に教えられて浩太は走った。

「西郷先生――」

浩太が声をかけると西郷は、振り向いた。

「おう、市蔵どんじゃなかか、どげんした」

西郷は万人を魅了する笑顔になった。しかし、

――なぜ、西郷を助くっとじゃ
浩太は、頭の中で、ひさしぶりに益満市蔵の声を聞いた。


そのころ東京では川路が中原尚雄《なかはらひさお》少警部ら警視庁の薩摩人二十三人に鹿児島へ戻る密命を与えていた。しかし、川路が鹿児島帰還を命じたのは、この男たちだけではなかった。

川路は、中原たちへの話が終わると別室に行った。薄暗い部屋には七人の男たちがいた。警視庁の他の者が七人の顔を見たら驚くだろう。飲酒、博打、乱暴など素行不良で巡査を辞めさせられた男たちだったからだ。しかし、男たちは皆、示現流の強豪であった。

川路は、ふてぶてしい顔の男たちをじろりと見て、

「おはんたちには特別な使命がある。これを果たせば警視庁に復職させたうえ、警部に昇進させるぞ」

と言った。男たちの目が、きらりと光った。中でも年かさの男が、

「使命とは何ですか、鹿児島に戻って誰かを斬れということですかな」

凶暴な顔つきで言った。

「そうじゃ、斬る相手は、桐野利秋だ」

桐野の名を聞いても怖気づいた者はいないようだった。

「桐野は手強いが、わしら七人でかかれば斬れぬことはあるまい」

「それで警視庁に戻って警部になれればありがたい」

「なにせ、当節、職を失っては士族は食っていけんからな」

「桐野の首を取るとするか」

男たちは、ひそひそと言葉を交わした。川路は男たちから殺気がゆらめき立つのを感じて、ぶるっと身震いした。

――桐野暗殺

は、大久保にも報告せず、川路が独断で決めたことだった。

十一

年が明けて明治十年（一八七七）一月になった。

桐野利秋は東京から戻って以来、鹿児島の吉野台地に小屋を建て、開墾をしてきた。この日、桐野は早朝から畑へ出て鍬《くわ》を振るっていたが正午ごろ小屋へ戻って握り飯を食べた。そして、もう一度、畑に行こうとした時、霧雨が降り出したのに気づいた。

桐野は舌打ちして絣の着物を尻端折りして股引、素足に草鞋履きのうえに蓑をつけ笠をかぶった。そして小屋を出ようとして不意に立ち止まった。外を鋭い目でうかがっていた桐野は、そのまま小屋の奥に戻ると白い兵児帯を腰に巻き、銀作りの大刀を差した。

そのまま外へ出て歩き出した桐野を霧雨の中、七つの影が取り囲んでいた。

影たちは羽織、袴姿や筒袖に股引、洋服と服装は、まちまちだった。しかし皆、刀を持ち、すでに抜き放っていた。桐野は、ゆっくりと蓑を脱ぎ、笠を取った。

「皆、薩摩の者のごとあるな」

桐野が言った瞬間、七人は一斉に刀を肩にかつぎあげると泥を蹴立てて走り出した。

——チェースト

気合とともに斬りかかった。それに応じて桐野は囲まれていない反対側に全速力で駆けた。雨脚が強くなった。桐野は、くるりと振り向くと今度は斜めに走った。七人の一番左側にいた男に体当たりするようにぶつかった時には男を肩から斬り下げていた。血しぶきが上がり、男は悲鳴もあげずに倒れた。

桐野は、そのまま次の男を突いていた。その刀を引くのと同時に三番目の男の胴をはらった。雨の中、刀が撃ちあう金属音と怒号が響き、男たちは次々に倒れていった。

七番目の男の喉を突いた桐野は刀を雨に濡らして血を流すと袖でぬぐってから鞘に納めた。一瞬の間に七つの死体が小屋のまわりに倒れていた。

桐野は、蓑と笠を拾うと身につけた。死体を見回して、にやりと笑って、

「川路もあせっているようだ。ようやく、引っかかったな」

と、つぶやいた。桐野は、小屋には戻らず歩き出した。政府が動き出したのを見届けたうえで暴発の準備にかかるつもりだった。

(薩摩から火の手をあげて東京まで焼き尽くしてやる)

桐野は声もなく笑っていた。激しくなった雨の中を歩き去る桐野の姿は煙るように消えて行った。

「やはり、東京には行けもはんな」

西郷は、微笑んで言った。去年末から浩太は何度も西郷に東京から来る巡査たちとと

もに単身、東京へ行ってくれと頼んでいた。しかし、西郷は、きっぱりと拒んでいた。

「川路どんの言うことも、ようわかりもす。従二位様が桐野にも手をのばしておるとすりゃ困ったことでごわす。あるいは、鹿児島は政府に討たれることになるかもしれもはん。じゃっどん、それだけに、おいは鹿児島を見捨てて、一人だけ東京で生きのびるような真似はできもはん」

西郷は、この日も平瀬の家で浩太に、きっぱりと言った。傍らには小兵衛と美樹もいた。浩太は、小兵衛には、東京から来た目的を話していた。

「しかし、先生――」

浩太は袴の膝を乗り出した。この日は、今までとは違う話をしてみるつもりだった。

「斉彬公の理想を実現するために東京へ行くと考えられたら、どうでしょうか」

「なんじゃと――」

西郷は思いがけず旧主の名を持ち出されて目を丸くした。島津斉彬は幕末随一の賢侯と言われ、一介の下級藩士だった西郷を見出し、さらに育てた恩師とも言える人だった。

「亡き斉彬公は鹿児島に紡績工場、反射炉による製鉄工場を造られ、電信機、地雷、水雷、火薬、ガラスも作られました。薩摩火薬、ガラスは西洋の物にも負けない、と聞いています。さらに鉱山開発にも熱心に取り組まれ、紅ガラス、切子ガラスは海外にも輸出されていますが、これらの産業は斉彬公が亡くなられてから廃《すた》っています」

「久光様は西洋の文物がお嫌いじゃからな」

西郷は、うなずいた。

「鹿児島は、斉彬公の御遺志を生かして日本の中で独立した工業立国をめざすべきだと思います」

「ほう――」

西郷は面白そうに微笑した。

「大久保内務卿は廃藩置県を行って統一国家をつくり、殖産興業による富国強兵をめざしています。それなら鹿児島が独自に工業を興し、貿易を振興させても構わないはずです。鹿児島は他の県より士族が多く、士族の授産を考えねばなりませんが、薩摩隼人には利益を漁《あさ》る商売ができるはずもありません。しかし、鉱工業は規律、資性、勉学が必要なことで士族に向いています。まして斉彬公の御遺志を生かすということであれば、誰も反対はできません。鹿児島は日本から独立したつもりで工業を起こせばいいのです」

浩太が言葉を切ると西郷は、ちらりと小兵衛を見た。小兵衛は、にこりとして、うなずくと、

「兄さァとともに政府を去って鹿児島に戻った村田《むらた》新八《しんぱち》さァは洋行帰りじゃ、新八さァなら益満どんが言う工業振興を宰領できもそ」

と言った。浩太は、勢いづいて、

「さらに造船を行って軍艦を清国、朝鮮に輸出してはいかがでしょうか。清国が欧米に

よって利権を搾り取られているのは西洋の武器に及ばないからです。清国、朝鮮が欧米と戦うだけの力を蓄えるのを助けることで三国同盟を結べば、アジアから欧米を追い出すことも可能でしょう。鹿児島が、その先鞭をつけるということで、しばらくは独自の行き方をすることを政府に認めさせてはどうでしょうか。そのために先生に東京に出ていただきたいのです」

西郷は大声で笑った。

「久しぶりに大法螺を聞きもした。市蔵どんは坂本竜馬に似とるのう。話も大きいし、人をその気にさせるのも上手なごとある」

西郷は愉快そうに膝をたたいた。浩太は、しゃべりすぎたかな、と思って頭をかいた。しかし、口から出まかせを言ったつもりはなかった。

「兄さァ、益満どんの言うことは面白かと、おいも思いもすが」

小兵衛は西郷の顔をうかがった。西郷は腕を組んで縁側から外を見ながら考えこんだが、

「じゃが、従二位様の御意向を無視するわけにもいきもはんな。おいには、なかなか難しか事でごわすが、小兵衛の言うごと、新八どんと話してみやんせ」

「もし村田さんが賛成してくださったら」

「そん時は、東京行きを考えよう」

西郷は微笑してうなずいた。やった、と思って浩太はこぶしを握り締めた。

——何を喜ぶのか、西郷は裏切り者だぞ
頭の中で声が響いたが、浩太は無視した。傍らの美樹は、浩太が雄弁に話すのを聞いて驚いた。

（浩太君、すごく成長したんだ）

その夜、浩太とともに親戚の家で夕食の膳にむかっていた美樹は、

「浩太君、きょう、西郷さんに話したこと前から考えていたの」

と訊いた。浩太は、ご飯をかきこみながら、

「勝さんの屋敷で中江兆民さんから聞いたパリ・コミューンの話を思い出したんだ」

「パリ・コミューンの話？」

「ああ、パリ・コミューンのように鹿児島も士族プロレタリアートが自治をするサツマ・コミューンになったら西南戦争も起こさないですむんじゃないかな」

浩太は、にこりと笑った。

「ふーん」

美樹は、浩太がまぶしく見えた。

翌日、浩太と美樹は小兵衛とともに船で鹿児島の浜へ向かった。西郷に言われた通り、村田新八に会うためだった。

「村田新八さんのことは、勝先生が大久保利通に次ぐ傑物だ、とほめていました」

浩太は、波しぶきがかかる船の中で小兵衛に言った。

「そげんじゃ、わしも兄さァを助けて興国の大事を行うのは村田さァじゃと思う。じゃっどん、鹿児島では、どうしても桐野さァのような木強者《ぼっけもん》が幅をきかすでなあ」

小兵衛は顔にかかった波しぶきを手ぬぐいでふきながら苦笑した。

村田新八は、この年、四十歳。少年のころから西郷に兄事し西郷が久光の怒りにふれて徳之島に遠島処分になった時には、連座して鬼界ケ島へ流された。

後に西郷が赦免された時、新八には赦免の通知は無かったが、西郷は構わず、船を鬼界ケ島へ回させ連れ帰った。西郷の志士活動に常につきしたがってきた間柄だった。

新八は維新後、宮内少丞になり、岩倉使節団の随員として洋行してきた。ロンドンの工業施設、フランスの議会などを見学し帰国したのは岩倉たちよりも遅かった。

その時には、すでに明治六年政変が起きており、西郷が帰国していたため、新八も迷わず鹿児島へと帰ってきた。

その村田が、今、何を考えているのか。浩太に訊かれて小兵衛は、さあ、と首をひねった。

「村田さァはアメリカでアコーディオンとかいう楽器を買ってこられて、えらい気に入りようで毎日練習されとるようじゃ」

「アコーディオンですか？」

浩太は、目を瞠った。小兵衛の言った通り、浩太たちが船から降り、城下の高見馬場にある村田屋敷に近づくと楽器の音色がかすかに聞こえてきた。

フランスの国歌の「ラ・マルセーユズ」のようだった。

訪れを告げた小兵衛が、浩太たちを連れて、そのまま中庭にまわると縁側でシャツにチョッキ、ズボン姿の男が長い足を投げ出し膝にアコーディオンを抱えて弾いていた。

男は身長が六尺ぐらいありそうだった。彫りの深い顔立ちで頬髯をたくわえている。眼光が鋭そうだったが、小兵衛を振り向いた目はやさしかった。

「何な、小兵衛どん?」

「いや、こん若者《にせ》の話を聞いてもらいたかと思うて」

「ほう──」

新八は興味深そうに浩太たちを見た。座敷に上げてもらった浩太は西郷に単身、上京してもらいたいという事と鹿児島の工業立国を図ることを話した。

新八は、寡黙らしく黙って目を光らせたまま聞いていた。

浩太が話し終えると、

「工業立国のサツマ・コミューンか、面白かな」

と新八は微笑した。そして立ち上がると縁側に行って庭を見ながら、

「私学校では砲隊や英語、フランス語などの外国語を教える学校も設けておるが、その他に士族授産のことを考えねばならんとは、おいも以前から思っておった。じゃっどん、薩摩の者は、今は政府憎しで凝り固まっておるでな」

と、つぶやくように言った。

「無理でしょうか？」

浩太は新八の背中に向って訊いた。新八は振り向くと、にこりと笑った。

「無理じゃと言えば、幕末からこの方、何事も無理なことばかりじゃった。鹿児島を変えるには、まず従二位様の息のかかった大山さァを県令の職から外さねばならんな。おいが大山さァに代わると言えば、大久保さァも認めてくれるじゃろう」

新八は、そう言いながら座敷に座った。

「そいじゃ――」

小兵衛が新八の顔を見た。

「しかし、難しいことは間違いなかぞ。一月になって城下に東京から数十人の密偵が入り込んだらしか。私学校では、今、密偵狩りに血眼になっておる」

浩太は、ぎょっとした。確かに一月六日から十五日にかけて川路の指示を受けた中原尚雄ら二十三人が鹿児島に入っていた。そのころ城下では、西郷への刺客数十人が東京から送り込まれたという噂が立った。私学校では、東京から送り込まれた者たちを、

――東京獅子《あずまじし》
と呼んで探索を続けていた。

「そいで、川村海軍大輔が軍艦でくるのは、いつごろの予定な？」

新八は鋭い目で浩太に訊いた。

「二月初めだと聞いています」

「そうか、間も無くじゃな、それまで何も起こらねばよいが――」

新八は腕を組んで考えこんだ。

その夜、浩太と美樹は新八の屋敷の離れに泊まった。新八が、うかつに城下を動けば私学校生徒に密偵として斬られるぞ、と言ったからだ。

浩太と美樹が布団を並べて寝ていると母屋の方から新八のアコーディオンの音色が、かすかに聞こえてきた。

「ねえ、うまくいくかな」

美樹が暗い天井を見ながら言った。

「わからないけど、できるだけの事はしなくちゃな」

「なんだか怖いな」

「ああ、俺も怖い――」

「本当？」

「西郷さんを船に乗せる前に私学校の生徒から襲われそうな気がする」

「そうしたら殺されるよね」

浩太は答えずに天井を見上げていた。美樹が、かすかに身じろぎすると浩太の布団に入ってきた。美樹の熱い肌を感じて浩太は体を固くしたが何も言わなかった。

美樹が顔を寄せてくると浩太も手探りで美樹を抱いた。

美樹が浩太の耳もとでささやいた。

——得能ぎん、だよ

——一月二十九日夜
鹿児島北部の草牟田村、闇の中を二十数人の影が動いていた。

影たちは、草牟田にある陸軍火薬庫の前に来るとたちまち番人を襲って、縛り上げた。さらに四棟ある火薬庫のうち一棟の戸をこじ開けて小銃や弾薬六万発を奪った。

影たちは、いずれも草牟田の私学校生徒だった。旧薩摩藩が製造した兵器、弾薬は維新後に政府の陸軍省、海軍省の所管となり草牟田火薬庫など七ヶ所に分散して保管していた。政府では鹿児島の蜂起を警戒して一月下旬に三菱会社の汽船を鹿児島湾に派遣し、武器弾薬の積み出しを始めていた。これに対して、

「けしからん、元々は薩摩の弾薬ではなかか」

「政府は武器弾薬を奪っておいて鹿児島に攻め寄せるつもりじゃ」

「そうはさせんぞ」

と私学校生徒の間では憤る声が沸き立っていた。この夜、草牟田火薬庫が襲われたのに続いて、

——三十日夜
阪元上之原の陸軍火薬庫を、およそ千人の私学校生徒が襲い、ほとんどの武器弾薬を

奪った。さらに、

——三十一日夜
磯にある旧藩時代からの機械工場、集成館が襲われ兵器などが奪われた。

鹿児島は、毎夜、武器弾薬を奪おうとする私学校生徒が、跳梁跋扈《ちょうりょうばっこ》し、騒然となった。

闇の中で桐野は黒ラシャのマントを肩にかけ、銀作りの大刀を手に持ったまま生徒たちの略奪を見守っていた。桐野が久光に言った、

——若者を罪に落とす
とは、この事だった。

（西郷は、薩摩の若者を見捨てることはできん男だ。川路たちが、何を企んでいようと、これで薩摩は政府との戦に立ち上がる）

桐野、いや飛鳥磯雄は闇の中でにやりと笑った。

一日朝、屋敷に戻ってきた新八は、

「若者《にせ》どん達が暴発した、もはや止めることはできもはん」

苦い顔で浩太たちに言った。

小根占の西郷にも、この日、知らせが走ったという。

「西郷さァも、戻ってきなはるじゃろうが、これからは辺見十郎太たちが西郷さァの身のまわりから片時も離れようとせんじゃろう。それに私学校幹部は東京獅子を残らず捕

まえることを決めたぞ」

「捕まえて、どうするんでしょうか」

「決まっておる、東京獅子が西郷さァの暗殺のために東京から派遣されたと拷問にかけてでも自白させるとじゃ。その自白を証拠に政府追討の兵をあげるというのが桐野の腹じゃろう」

新八は、顔をしかめた。すでに中原尚雄ら警視庁から派遣された男たちは、その居場所も全て私学校に把握されているようだった。

「ということは、西郷先生を船に乗せるのに東京から来た人たちの手は借りられない、というわけですね」

「なんじゃや、おはん、このような事になっても、まだ諦めておらんのか」

新八は、あきれたように浩太の顔を見た。そして、からからと笑うと、

「よかよか、男は諦めたら、値打ちが下がる。じゃっどん、おいや小兵衛どんは、これから私学校の会議が忙しくなって手伝いが難しいが――」

新八は、しばらく考えこんだが、ポンと手を打つと、

「ひょっとしたら、おはんらの手伝いをしてくれる人が明日あたり鹿児島に見えるかもしれん」

と言った。

「えっ、どなたでしょうか？」

「会ってみりゃわかる、びっくりして目の色が変わるかもしれんぞ」

新八は、頬髯をなでながら笑った。

この日、小根占の平瀬宅で辺見たちから火薬庫が襲撃されたことを聞いた西郷は、すぐに鹿児島城下に向かった。しかし悪天候で海が荒れたため船が使えず海岸沿いの陸路をたどって御厩跡にある私学校に着いたのは三日夕刻のことだった。

この日、鹿児島は雨だったが、雨が降りしきる伊集院の路上で警視庁少警部、中原尚雄が私学校生徒によって捕縛された。

さらに七日にかけて東京獅子二十数人が捕縛されていった。この間、浩太と美樹は息をひそめて村田屋敷に隠れ続けた。小兵衛が、時々、顔を出して城下の情勢を伝えてくれた。その小兵衛も六日には顔を出さず、新八も朝から外出した。この日、私学校大講堂では幹部と区長、分校の校長ら二百数十人が参加しての会議が行われていた。

新八と小兵衛は桐野利秋、篠原国幹らとともに幹部席に並んだ。

そのころ村田屋敷の玄関前に腰に刀を差し、たすきをかけた壮士たちが、五、六人立っていた。村田屋敷に近ごろ東京から来た男女がひそんでいるという噂を聞いたからだった。

その中の年かさの男がたすきを取り、刀をはずしたうえで、家人に丁寧に噂のことを尋ねた。訊かれた家人は、うろたえずに親戚の者が病気養生に東京から戻ったのだとだけ答えた。

「御無礼しもうした」

壮士は、大人しく帰っていったが、疑いを解いたわけではない証拠に、この日から村田屋敷には見張りがついた。三時すぎに帰ってきた新八は壮士が訪ねて来たことを家人から聞いて眉をひそめた。浩太たちがいる離れに来ると、

「会議では戦と決まった。おはんたちは、明日の夕方まで、ここにおって、それから磯に行け」

と声をひそめて言った。

「磯へですか？」

「そこに、おはんたちを助けてくれる人がおる。川村が軍艦で鹿児島湾に入れば、すぐにわかるじゃろう。その時が西郷さァを船に乗せる一度切りの機会じゃ」

新八は、鋭い目で言った。

――西郷は来るぞ、自分だけ助かるために
益満市蔵の皮肉な声が聞こえた。

（せがらしか――）

浩太は、うるさい、と胸の中で怒鳴っていた。

翌日朝から私学校は騒然とした空気に包まれた。

出陣の準備が始まったのだ。午後には作戦会議が開かれた。この会議で、日ごろ、寡

黙な小兵衛が珍しく積極的に発言して、

「政府軍の準備が整う前に直接、汽船で東京に乗り込むべきだ」

と主張した。

「船が足らんじゃろう」

桐野が、にらむと、

「長崎港まで汽船で行けば、船はいくらでもありもす」

小兵衛は、にらみ返して言った。しかし、桐野は、ふっ、と笑うと他の幹部たちを見まわして、

「そげん、ややこしか事ばせんでも、熊本城を落とせばよか」

と、あっさり言った。篠原国幹ら幹部たちも桐野に同意するようだった。

小兵衛は上座の西郷を見たが、西郷は目を閉じて黙然としていた。

村田が小兵衛を見て、かすかに首を振った。

それが、意見を言っても桐野に阻まれるから無駄だという意味なのか、それとも浩太たちによる西郷の脱出計画に期待しろという意味なのか、小兵衛には、わからなかった。

そのころ夕闇の中を浩太と美樹は村田屋敷の裏口から、こっそりと出た。

町は辻角ごとに数人の歩哨が立ち、すでに明々と火が焚かれていた。浩太たちは笠をかぶり、人目につかないように歩いて行った。やがて町中を出ようとした時、

「おい、お前ら、どこの者か」

野太い声がかかった。見ると、いずれもたすきをかけ、刀だけではなく、中には小銃を持った者もいる壮士たち七、八人だった。

そのうちの一人が浩太に提灯を突きつけ、

「お前、警視庁巡査の益満じゃなかか」

と言うと、他の壮士たちは、何っ、東京獅子の一味じゃ、捕らえろ、と騒ぎ立てた。

浩太は後ろに美樹をかばったが、何も武器を持ってこなかったことを後悔した。

とっさに先頭の壮士の両目を指で突いて刀を奪おうと決意した。浩太が、じりっと前に出ようとした時、

「何ヲシテイマスカ、ソノ二人ハ、ワタシノ従者デス。乱暴シテハイケマセン」

奇妙な声が聞こえた。驚いた壮士たちが振り向くと、そこには山高帽をかぶり、フロックコートを着て手には銀の握りがついたステッキを持った外国人が微笑して立っていた。

「ワタシ、イギリス公使館ノ書記官、アーネスト・サトウデス。ワタシノ従者ガ使イニ出タキリ帰リガ遅イノデ迎エニ来マシタ」

サトウは手に持ったステッキを洒落た格好でくるりと回して見せた。

幕末、イギリス公使パークスの通訳官として日本を訪れたサトウは、その優れた語学力を駆使して日本の国内事情に精通し、西郷をはじめ倒幕派の志士たちと知り合うと、イギリスの対日政策にも影響を与えた異色の外交官だった。

この年、三十三歳。端正な顔にきれいに切りそろえた口髭をたくわえていた。サトウは休暇を取ってイギリスに戻っていたが東京に戻る前に鹿児島医学校を主宰している友人の医師、ウィリアム・ウィリスを訪ねて二日から磯の紡績工場そばにあるウィリスの公舎、「異人館」に滞在していた。

「オー、ソレハ難シイデスネ」

木造二階建ての異人館で紅茶を飲みつつサトウは頭を振った。

サトウはウィリスを通じて新八から浩太たちへの協力を頼まれたのだが、西郷の脱出計画には難色を示した。

「軍艦ガ鹿児島ニ来テモ、西郷サンハ護衛ニ取リ囲マレテイマス。ドウヤッテボートニ乗セマスカ」

サトウは革椅子にゆったりと腰掛けて浩太と美樹を見た。

「ピストルを貸してください」

浩太は真剣な目で言った。

オー、と言いながらサトウはマホガニーの机に行くと引き出しから二丁の短銃を取り出して浩太と美樹に渡した。サトウは、紅茶のカップを持ったまま、

「ピストル一丁デ六発ハ撃テマス。二人ガピストルノ名人ナラ十二人ハ殺セマス。シカシ、薩摩ノサムライ、西郷サンノマワリニ百人イルデショウ、ドウシマスカ――」

サトウは人差し指を立てて言った。浩太は唇を嚙んで黙った。サトウは、引き出しから短銃をもう一丁取り出すと、

「コウシマショウ、西郷サンヲ、ココニ招待シマショウ。二階ノ部屋ニ案内シテ護衛カラ離シタウエデ窓カラ外へ出テモライ、ボートマデ行ッテモライマス。沖デ軍艦ヲ待タシテオイテ西郷サンヲ送リコムノデス。大キナ西郷サンヲ窓カラ出スノハ大変デスガ、ワタシノ友達ノウィリスハ二メートル近イ大男デスカラ、ヤッテクレルデショウ」

「どうして、そこまでして頂けるのですか」

浩太は不安になって訊いた。

「ワタシ、勤皇ノ志士ノ中デ西郷サン一番魅力的ダッタト思ッテイマス。西郷サンヲ死ナセタクアリマセン」

サトウは、にこりと笑った。軍艦高雄丸が川村純義海軍大輔を乗せて鹿児島湾に入ったのは九日朝だった。艦長は、やはり薩摩人の伊東祐亨《すけゆき》。川村は県令の大山綱良と交渉して西郷を高雄丸で東上させることを勧めたが無理だとわかると、せめて西郷と会わせてくれと求めた。大山の仲介で陸上で会おうということに一度は話が進んだ。

しかし、西郷が面談場所に向かおうとすると篠原国幹が止めた。

「おいたちが行きもそ」

桐野が篠原をうながして立ち上がった。刀をゆっくりと腰に差した動作に殺気がこもっていた。川村を斬るつもりのようだ。川村は西郷が来ず、桐野たちが、小舟に乗って

高雄丸に向かおうとしているのを見て碇を上げさせ、鹿児島湾から沖合いにまで動いた。

その時、伊東艦長は、

――十一日朝に磯の沖合いで待たれたし

という新八からの伝言を受け取っていた。新八はサトウを通じて浩太とも打ち合わせていた。西郷に異人館に行ってもらい、そこで護衛の目をくらます計画だった。西郷が鹿児島から消えた後の混乱は新八が腹を切ってでも収拾するつもりだった。もっとも切腹するまでもなく桐野が怒りにまかせて斬るだろうが。

(もし西郷先生に軍艦で東京に行ってもらえるなら、そうなってもよか)

新八は、腹をくくっていた。伊東艦長は川村と艦橋で話し合い、いったん鹿児島湾から去ったように見せようということで意見が一致した。九日夕刻、高雄丸は薩摩半島を南下し始めた。このころ鹿児島の陸上、海上は暴風雨に襲われていた。

翌日十日、異人館に大山県令がやってきた。サトウと会った大山は額の汗をハンカチでぬぐいながら、

「うまくいくじゃろうか」

と疲れの浮いた顔で訊いた。伊東艦長に新八の手紙を届けたのは大山だった。大山は久光の意図とは別に鹿児島が反乱を起こすことを県令として恐れていた。

「ワカリマセン、全テハ神ノ御心ニアリマス」

サトウは落ち着き払って胸で十字を切った。

「なるほどな」

大山は苦い顔をした。この日も朝から雨だった。大山の顔色にも翳りが見られた。

「大山サン、島津久光サマハ西郷サンガ挙兵スルコトヲ望ンデイルノデハアリマセンカ。久光サマノ忠実ナ家臣ノアナタガ、ナゼ挙兵ニ反対ノ行動ヲトルノデスカ？」

「勝てる戦なら、反対などせん。久光様のご指示通りに動くだけじゃ。しかし、この戦は勝てん」

大山は暗い目つきになった。

「ホウ、ドウシテデスカ」

「桐野たちは勝つつもりじゃろうが、肝心の西郷に勝つ気がない。大将に勝つ気がない戦が勝てるわけがなかろう」

大山は、吐き捨てるように言った。

翌十一日朝も雨だった。御厩跡の私学校に置かれた薩軍本営に詰めていた西郷は不意に、

――異人館に行きもす
と言い出して周囲をあわてさせた。桐野や篠原は、まだ本営に来ていなかった。西郷は、まわりがうろたえるのに構わず、さっさと本営を出て磯の異人館に向かった。雨をよけるため笠をかぶっただけで黒紋服に羽織、袴姿で脇差を差していた。護衛の壮士たちが二十数人、あわてて供をした。

異人館では、二階のウィリスの部屋でサトウと浩太、美樹が三人ともピストルを手にして待ち受けていた。浩太と美樹はサトウの従者らしく白シャツに灰色のツイードの洋服を着て、乗馬用の長靴を履いていた。美樹は髪を短くまとめ、男物の洋服を着ると意外なほど似合った。男装の美樹を見てサトウは、

「日本ノ女性モ、コレカラハ、コンナ格好ガ流行スルカモシレマセン」

と言ってウインクした。

二階の部屋の大きな窓に、すでに縄梯子を結びつけていた。

西郷が来れば、この窓から裏庭に逃し、護衛たちが家の中で待ちつづけている間に浜まで行ってもらうつもりだった。だが、護衛たちが気づいて騒げば、どうなるか。

「護衛タチガ、ピストルデ、防ゲルトイイデスガ、薩摩人ハ勇敢デスカラネ」

サトウは頭を振りながら言った。

「しかし、西郷先生を逃がしたらサトウさんやウィリスさんにも迷惑がかかりますが」

浩太は心配だった。

サトウは、ははっと笑うと口髭をひねって、

「大丈夫デス、薩摩トイギリスハ幕末ニ薩英戦争ヲシマシタ。薩摩ノ人ハイギリス人ヲ殺シタラ大問題ニナルトワカッテイマス。ダカラ、アナタタチニモ洋服ヲ着テモラッタノデス」

その時、家の外でざわめきが聞こえた。階段を上がってきたウィリスがドアの外から

サトウに英語で、間も無くだぞ、と告げた。外のざわめきは、さらに大きくなり、

「おはんたちな、ここで待っちょれ」

西郷が叱りつける声が聞こえた。

——やっぱり来た、西郷は配下を捨てて、自分だけ逃げるとじゃ
益満市蔵の声が浩太の頭に響いた。

浩太が二階の窓からのぞくと護衛たちは、そいでは任務が果たせもさん、刺客がどこにひそんでおるかわかりませんぞ、と口々に言って西郷とともに家の中にまで入ってきたようだ。階段を下りて玄関に行ったウィリスは、

——二階デ話シマショウ
と西郷を二階へ案内しようとした。壮士たちは、二階にも上がろうとしたが、さすがに西郷から睨まれると数人だけが階段で待機することになった。

そのころ薩軍本営では、桐野が西郷の外出を聞いて眉をひそめていた。

「異人館に何の用事のあっとな」

しばらく考えていた桐野は、突然、はっとして、

「誰か異人館に行って、西郷先生を連れ戻して来やい」

大声で怒鳴った。まわりにいた辺見十郎太たち数人が、その声を聞いて、すぐさま走り出した。傍で兵士の動員を手配していた篠原国幹が近づいて来ると、

「桐野どん、どげんかしやったか」

と訊いた。

「なんでんなか、ただ西郷先生が本営におられんでは、いろいろ困ると思うたまでじゃ」

桐野は、さりげなく答えた。しかし、胸の中には疑いがわいていた。

(なんぞ企んでおる者がいる気がする。さしずめ村田新八あたりか)

桐野は本営で部下に悠然と指示を与えている新八をじろりとにらんだ。新八は、桐野の視線に気づかないふりをしていたが、

(西郷さァ、うまく脱出できたじゃろうか)

と思うと、背中に冷や汗がにじむような気がした。

異人館の二階では西郷が部屋に入ると、すかさずサトウがドアを閉め、音をたてずに鍵をかけた。その様子を西郷は面白そうに見ていた。そして窓に近づき縄梯子を外して裏庭に投げた。

「先生、何をするんです」

浩太は驚いて言った。西郷は、振り向いて、深々と頭を下げた。

「きょうは、市蔵どんとサトウさァ、それにウィリスさァ、ぎんさァにも謝りに来たとじゃ」

「先生――」

浩太は、うめいた。

「もはや、おいが東京に行くには遅すぎっとじゃ。おいが東京に行ってしまえば火薬庫を襲うたり、今、薩軍本営に集まっておる若者たちは、賊徒として死ぬことになりもす。おいは、薩摩の若者を賊徒にはできん。あくまで正義のために戦わしてやりたか。そのために、おいの命が必要なら、いくらでも投げ出しもす。そんな、おいを助けようと命がけで働いてくれた市蔵どん、サトウさァたちには、まっこと申し訳なかことでごわす」

西郷は浩太たちの顔を見回した。

「ソウデスカ、西郷サン、ソウ言イソウナ気ガシテイマシタ」

サトウは、頭を振りながら椅子に腰かけた。

「先生、薩摩を工業立国にする夢は面白いと言ってくださったじゃないですか」

浩太は口惜し涙が出そうになるのをこらえながら言った。西郷は浩太の両肩を両手で、がっしりとつかんだ。

「そうじゃ、面白か夢じゃ、しかし、これは、おはんの夢じゃ。自分の夢は、自分でかなえるとじゃ」

「先生――」

浩太は、嗚咽しそうになって口を押さえた。

「きょうは、市蔵どんに話しておきたかことのある」

西郷の目が黒々と深い色になった。

「それは――」

「わかっとるはずじゃ。休之助どんのことだ。いや、休之助どんだけじゃなか。竜馬どんもそうじゃ。幕末に何人もの草莽の志士が理不尽な死に方をした。殺したのは、おいどんでごわす」

西郷の声には悲痛な響きがあった。

「おいだけではなか、大久保どんも岩倉公と組んで、人には言えん密謀を行った。それが、おいたちの罪業じゃ。これは、死んでも消えることはありもはん」

「それでも、それは国のためではないですか」

「国のために非道をすれば、非道の国になりもす。そいじゃ、いかん、非道は人が背負わなけりゃならん」

「そんなら先生は――」

「そうじゃ、今からおいのしてきたことを背負うつもりじゃ」

西郷は、うなずくと美樹の方を向いて、

「ぎんさァは、よかおごじょじゃ、きっと幸せになれもすぞ。二人で夢をかなえるのがよか」

と言って、にこりと笑った。その時、階段を荒々しく駆け上がる音が響いて、ドアが、どんどんと叩かれた。

「先生、辺見ごわす。お迎えに参りもした。本営にお戻りねがいもす」

辺見の怒鳴り声が響いた。西郷は、苦笑いすると、

「ウィリスさァ、ドアを開けてたもんせ、そっちが、おいの行く道でごわす」

ウィリスが、うなずいてドアを開けると、どかどかと部屋の中に入った辺見は洋服姿の浩太がいるのに気づいて、

——貴様
と目を光らせた。その辺見を西郷は、

「お控えやんせ、サトウさァらに無礼を働いたら許しもはんど」

と叱りつけると、悄然とした辺見を従えて、ゆっくり階段を下りて行った。

見送った美樹は床に膝をついて泣き出した。

「壮士一度去ッテ、マタ帰ラズ、清国ニ、ソンナ詩ガアリマシタネ、ワタシタチ二度ト西郷サンニ会エナイカモシレマセン」

サトウが窓の外の雨を見ながらつぶやいた。

——**おいは西郷ちゅう人を知らんじゃった**
浩太の頭で市蔵の悔いる声が響いた。

十二

雪が風に舞っていた。

薩南の道が雪で白く覆われ始めた二月十五日から薩軍は部隊ごとに進発を始めた。西郷のいる本隊が私学校本営を出発したのは十七日朝だった。薩軍の総数は一万五千。北上して熊本城を目指していた。

サトウは薩軍の出発まで、反乱軍についての情報をパークスへの報告書にあわただしくまとめた。そして十八日には薩軍の後を追って鹿児島を出発した。サトウは馬、馬丁とともに数人の従者を連れていたが、その中に洋服姿の浩太と美樹がいた。二人は、サトウとともに薩軍に付いて行き、途中で追い越して熊本にいるはずの八郎と舜を探すつもりだった。

「舜たちは、どうせ反乱に参加するつもりだろうから、薩軍をつけて行けば会うことができるよ」

浩太は美樹の目を見ないでいった。美樹も黙ってうなずくだけだった。二人は小根占で一緒に過ごしてから西郷の脱出のことだけを話して舜のことにはふれないできた。

しかし、薩軍が熊本に行った以上、舜を探さなければならなかった。

（舜を東京に連れ戻そう。西南戦争が終われば、俺たちは現代に戻れるはずだ。舜を戦争で死なせるわけにはいかない）

浩太は山道を歩きながら思った。美樹とのことを舜が知ったら怒るだろうと思うと苦しかった。

一度は、

——美樹ではなく得能ぎんだ
と思おうとしたが、今では、それが卑怯な誤魔化しだと感じていた。

（俺は美樹が好きなんだ。だから美樹が舜に会いに行こうとしていることに嫉妬している）

浩太は、自分自身を殴りたかった。だから、誰とも話さないで黙々と歩いていた。

そんな浩太の後ろ姿を見ながらサトウは美樹に、

「市蔵ハ何カニ苦シンデイマスネ、悩ミヲ抱イタママ戦場ニ行クト、命ヲ落トシマス。ギンサン勇気ヅケテヤッテクダサイ」

と言った。美樹はうなずいたが、自分でも浩太に対する気持は、よくわからなかった。

ただ、今は舜が心配で会いたかった。

（そんな気持だけじゃいけないんだろうか）

美樹は薩軍兵士と馬、荷駄でごった返す道を歩きつづけた。

薩軍は二十一日に川尻で熊本鎮台の斥候兵と接触し、二十二日には熊本城を包囲した。浩太と美樹は、サトウと別れて、薩軍の隊列を八郎と舜を探して歩いた。そうするうちに薩軍兵士たちから熊本士族が薩軍に呼応して駆けつけていることを聞いた。

熊本士族からは

学校党

民権党

が薩軍に加わった。学校党は幕末には佐幕派だったが、熊本藩公用人だった池辺吉《いけべきち》十郎《じゅうろう》を代表に六百人が参加していた。これに対して宮崎八郎ら民権党は四十人の少人数ながら、

――熊本協同隊

と名のって意気軒昂としていた。浩太たちは、川尻の薩軍陣営で八郎にめぐりあう事ができた。八郎は書生っぽい着物、袴で腰に両刀を差し細紐をたすきにかけていた。他の協同隊員たちは洋服に帯を巻いたり、はなやかな着物で大刀を落とし差しにして小銃を肩にかつぐなどバラバラの格好だった。八郎は浩太たちを見て破顔して喜んだ。

「八郎さん、やっぱり反乱軍に加わりましたね」

浩太は、八郎をにらんだ。

「すまん、すまん、止めておこうかとも思ったが、政府を倒すには、この機会は逃せぬ。

政府との戦に勝ったら、西郷とは主義の戦をするつもりたい」

八郎は、からからと笑った。浩太は苦笑して、

「芳賀君は、どこにいますか？」

と訊いた。

「おお、芳賀君は、おいの同志の高田露《あきら》とともに北の山鹿街道を固めちょる。小倉から政府陸軍の第十四連隊が熊本に向かっておるという情報があってな」

八郎が言うのを聞き終わる前に浩太と美樹は北に向かって歩き出した。八郎は、驚いて二人を見送ったが、やがて、

「芳賀君に会いたいなら植木をめざして行きたまえ、そのあたりで会えるだろう」

と大声で言った。浩太たちは山鹿街道を北上して二十二日夕刻には植木の南方に着いた。街道には薩軍兵士たちが満ちていた。山鹿街道には元陸軍少佐の村田三介が薩軍の小隊二百人を率いて進出し、その後援軍を加えて四百人ほどになっていた。現地の案内人を務めているのが高田と舜だった。この時、南下しつつあるのは陸軍第十四連隊のうち三百人ほどの兵力。連隊長は、後の日露戦争で勇名をはせる、

――乃木《のぎ》希典《まれすけ》少佐
だった。

街道にひしめく薩軍をかきわけて進んだ浩太たちは路上で薩軍幹部と話し込んでいる

舜を見つけることができた。

——舜

浩太が声をかけると、八郎と同じ様な書生っぽい姿で大刀を持った舜が振り向いて笑顔になった。このあたりは植木よりも二キロほど熊本よりの向坂《むこうさか》という集落らしかった。街道沿いに崖があり、村田は崖の上にひそんで政府軍を奇襲するつもりのようだった。

崖の上で村田らしい薩軍幹部にはなやかな着物をぞろりと着流しにした二十二、三の色白で鼻筋がととのった美男が、

「自由が無うして、民権が無うして、どうして人民が幸福になれますか。政府のやり方で幸せなのは官員だけじゃ」

と大声で言った。その様子を、にやりと笑って見た舜は、

「高田さんは遊び人みたいな格好をしてるけどオルグがうまいんだ」

といった。浩太は、それに構わず、

「舜、東京に帰ろう。俺たちが、ここで死ぬのはおかしい」

「死ぬ？　死ぬとは決まってないぞ」

舜は怪訝な顔をした。

「西南戦争は西郷軍の負けに決まっているじゃないか」

浩太は声をひそめて言った。

「そうかな、歴史の修正はないとは限らないだろう」

舜は鋭い目で浩太を見た。

「歴史の修正？」

「そうだ、浩太だって、ひょっとしたら歴史を変えたいと思って何かをしたんじゃないか」

「それは――」

「その時代に生きている人間が一生懸命になれば歴史は変えられると僕は思う。西南戦争をただの士族反乱じゃなくて未来を切り開く戦いにしたいんだ」

舜は毅然として言った。しかし浩太は、

「違う、舜は間違っている」

と怒鳴った。

「どうしてだ、僕たちは、この時代では未来を知っている超能力者みたいなものだ。僕らには時代を変える使命があるんじゃないか」

「確かに俺も戦争を防ぎたいと思って西郷さんのために動いた。だけど、それは戦争を無くしたいという俺たちの時代が到達した考えがあっての事だよ。俺たちが戦争で世の中を変えようと思うなんて間違っている」

浩太は、言葉が途切れ途切れになりながら言った。舜はそんな浩太の顔を真剣に見つめた。

「しかし、昔のやり方が間違っているとは限らない」

「新しいとか古いとかっていうことじゃないんだ。俺たちが戦争はいけないって思う時、そこには俺たちより前に生きていた人間たちの憎しみや愛情や苦悩や、いろんなものが込められているとは思わないか。ダサくたって、カッコ悪くても、そこから受け止めて前に進む奴がいなかったらどうするんだよ。昔にもどればいいなんて、セコすぎて悲しくないか。俺たちには前へ進む何の力も無いのかよ」

浩太が言った時、すでに日が落ち、闇になっていた街道に銃撃音が響いた。

「来た、小倉の陸軍だ」

村田が叫んでいた。どちらが先に発砲したのかは、わからなかったが、街道は一瞬で銃撃戦の戦場になっていた。やがて薩軍の一部からは、

「チェスト――」

のかけ声とともに白刃を連ねての斬りこみが行われた。街道沿いの林が燃え上がった。政府軍が暗闇での奇襲を嫌って火をかけたようだった。

「なんばするか」

政府軍が熊本の森林に火をかけたことに怒って高田露が街道に飛び出した。

高田は、遊び人のような身なりを薩摩人に馬鹿にされていたが熊本協同隊でも屈指の勇俠の徒だった。高田が、ぞろりとした着物の両肩をぱっと脱ぐと下には緋縮緬の襦袢を着て赤いたすきをかけていた。その姿が炎に浮かぶと敵の政府軍より薩軍の兵士たちの方が目をむいた。腰の刀をすっぱ抜いた高田が斬り込んで行くと、政府軍がどっと崩

れた。それを見た薩軍兵士たちも舌打ちをしつつ続いた。

その時、政府軍兵士の一部が街道の横手にまわっていた。空気を切り裂いて浩太のまわりにも小銃弾が撃ちこまれ土煙が上がった。浩太と美樹は崖の上でサトウからもらったピストルを持って身構えた。

「美樹、何をするんだ」

舜が驚いて美樹を止めようとした。しかし、その時、政府軍兵士の一人が小銃を手に崖下に姿を見せると何事か怒鳴りながら舜を狙い撃とうとした。

——ズダーン
倒れたのは政府軍兵士の方だった、撃ったのは美樹だ。

「舜君、わたし舜君の言っていることわかるよ。わたし舜君と一緒に戦う」

炎の明かりに浮かんだ美樹の顔は美しかった。

「違う、美樹にこんな事をしてもらいたいんじゃない」

舜が闇の中で叫んだ。

「だって、わたし、舜君を裏切ってばっかりだよ。一緒に戦うぐらいしなきゃ」

美樹は立ったままピストルを闇に向かって構えた。

「美樹、伏せろ」

浩太が叫ぶのと闇の中から一斉射撃の火が吹くのが同時だった。

「美樹——」

はじき飛ばされるように倒れた美樹に舜が駆け寄った。

舜に抱えられた美樹は、胸を血に染めて、

――ごめんね
と言ったようだった。

うわーっ、叫んだ浩太は立ち上がってピストルを続けざまに撃った。闇の中からの小銃弾が浩太のまわりに土煙をあげた。一瞬、浩太はわき腹をなぐられたようによろめいた。燃えるように熱い何かが浩太の体を貫いていた。

浩太は、ゆっくりと崖から転落していった。


向坂の戦いで乃木少佐が率いる十四連隊は苦戦し、植木千本桜へと退却した。この時、政府軍は連隊旗を薩軍に奪われたという。

一方、薩軍本営は熊本城を攻撃したが谷干城司令長官率いる熊本鎮台は籠城して、よくこれを防いだ。この間、政府は鹿児島暴徒征討令を発し、有栖川宮を征討総督として野《の》津《づ》鎮雄《しずお》少将の第一旅団、三《み》好《よし》重臣《しげおみ》少将の第二旅団を博多湾から上陸させ熊本めざして南下させた。乃木の十四連隊と合流した政府軍は菊池川のほとりの要地、高瀬で薩軍と激突した。

薩軍は熊本城から北へ進出して政府軍を迎え討とうとし、三月に入ると一つの要害が両軍の勝敗の行方をにぎることになる。

――田原坂《たばるざか》

だった。田原坂は熊本城北部を守る防衛拠点だった。熊本城を築いた加藤清正は、この田原坂一・五キロの道を深く掘り下げた凹地にしておいた。道の両脇を土手とし、道を通る人馬を土手に隠れて攻撃するように工夫していたのだ。

このころ田原坂は、高瀬から熊本城へ大砲、荷駄を運ぶことができる唯一の道だった。一の坂、二の坂、三の坂がある。鬱蒼とした木々に囲まれたゆるやかな坂で、しかも鉤型になった坂を通り、さらに坂の頂上から見下ろすとせり出した坂に出なければならなかった。

政府軍兵士は土手の間の坂道を通るだけで両側の土手からの銃弾にさらされ頂上からの攻撃をさえぎる物もない坂に押し出された。

三月七日になって政府軍は、ようやく二の坂を占拠し、砲台を築いたが、この時から薩軍の斬りこみによる夜襲に悩まされることになった。

「なに、君も参加したいというのか」

高瀬にある政府軍宿舎で川畑雅長大警部は、眉をひそめた。

警視庁の川路大警視は二月十八日に警視庁ポリス五百人を臨時の軍隊として九州に派遣した。会津出身の佐川官兵衛《さがわかんべえ》らが率いるこの部隊は警視隊と呼ばれ、二十三日には小倉に到着した。さらに三月一日に熊本に向かって進撃したのだが、植木で一人の若者を拾った。

——浩太だった。

向坂の戦いで負傷して崖下に転落した浩太は、退却した薩軍とはぐれ、傷を負ったまま肥後平野を彷徨った。ようやく近くの農家に救われ傷の養生をしていた。幸い、傷は重くなく、警視庁の部隊が来たと聞いて名のり出た。その浩太が参加したいと言ったのは薩軍の斬りこみに対抗して警視庁ポリスで結成することになった、

——警視庁抜刀隊
だった。抜刀隊は百人で編成して、薩軍の田原坂防塁に斬りこむのだという。

浩太は向坂の戦いで美樹を死なせたことで苦しんでいた。

（美樹を連れて行かなければ、あんなことにならなかった。俺が美樹を殺したんだ）

浩太は田原坂に舜がいるに違いないと思っていた。抜刀隊として薩軍の陣営に乗り込んで舜を探し、もう一度、東京に帰るように説得しようと思った。

（もし、舜が俺を許せないと思っていたら、黙って斬られよう）

浩太は、目を閉じて思った。

三月十四日未明——

抜刀隊は闇の中をひそやかに薩軍の防塁近くまで忍び寄った。やや空が白みかけた時、刀を抜くと防塁に一斉に飛び込んだ。

——舜、どこだ

浩太は刀を振り回しながら駆けた。ポリスと薩軍兵士が斬り結ぶ金属音と怒号があたりに満ちた。浩太は右から、ひやりとする風を感じた。塁の中に横転して、これを避けた。そして刀を構えて立ち上がった浩太は、ようやく差しはじめた太陽の光の中に白鉢巻をして剣道の黒胴をつけ刀を持った舜が白い歯を見せて笑っているのを見た。

「舜――」

「馬鹿、何を死に急いでるんだ」

「舜こそ意地をはらずに東京へ戻れ」

浩太は後ろから斬りかかった薩軍兵士の刃を避け、逆に蹴り倒しながら怒鳴った。

「意地じゃない、夢だ。僕は夢のために本気で命をかけて戦ってみたかった」

舜も斜めから斬りかかった警視庁抜刀隊の一人を斬りふせた。

「戦争で夢はかなわない」

浩太は刀をさげて舜と向かい合った。

「戦わないとつかめない夢もあるんだ」

舜は、ゆっくりと刀を浩太に突きつけた。浩太は、あえいだ。

（舜は、俺を斬るつもりだろうか）

「浩太、美樹のことは気にするな。美樹は、前から浩太のことも好きだった。僕には、わかっていた」

舜は、にこりとすると、そのまま背を向けて走り去った。浩太は追おうとしたが、目の前に別の薩軍兵士が現れ、斬りかかってきた。刀を弾き返し、さらに斬ってきた相手の胴をはらった。その時には舜を見失っていた。

田原坂の戦いの日々は、なぜか雨が多かった。雨が降ると薩軍兵士の木綿の着物は水を吸って重くなり、草鞋は泥の中で切れた。さらに薩軍の先込め銃は火薬が水を吸って不発になり雨の中でも連発できる政府軍の元込め式スナイドル銃に圧倒された。政府軍のラシャの軍服は雨に強く、革靴は泥にも難渋しなかった。しかも後方から兵士、武器弾薬が補給される政府軍に比べ薩軍は補給が乏しかった。白兵戦になれば薩摩隼人の勇猛さが政府軍兵士を蹴散らしても、戦いが長期化しての消耗度は薩軍の方が甚大だった。政府軍は三月十五日、田原坂を見下ろせる横平山を制すると、さらに北側の立花木の丘まで進出した。

二十日、前夜の大雨が未明には霧に変わっていた。午前五時、政府軍は霧の中を薩軍陣営に近づくと午前六時半、砲撃を開始し、一斉に攻撃した。八門の大砲から砲弾がうなりをあげて飛び薩軍陣地で炸裂した。泥土が飛び、防塁が破壊されると政府軍が銃剣を連ねて突撃した。午前十時には柿木台陣地が陥落し田原坂本道を守る薩軍は背後を突かれる形になった。薩軍は敗走した。

浩太は抜刀隊とともに退却する薩軍を追った。だが薩軍兵士の中には逃げずに踏みとどまって路肩から銃撃する者もいた。数人の政府軍兵士が銃撃されて倒れた。

これに対して政府軍が物陰や路肩を銃撃しつつ進み始めた。さらに薩軍の逆襲に備え防塁を築いた。防塁への進路に数人の兵が何かを埋めた。

「あれは、何ですか」

浩太は赤土に足をとられて転びながら、傍にいた兵に聞いた。硝煙で顔を真っ黒にした兵は、ごくりとつばを飲み込んで、

「あれは、地雷じゃ、用心せんと、わしらも吹っ飛ぶぞ」

と言った。政府軍は熊本城での防衛戦でも地雷を使ったが、ここにも持ち込んだらしい。

その時、かつかつ、と馬蹄が響くと坂をゆっくりと馬が降りて来た。

馬には、若い男が乗っている。若い男は白鉢巻をして黒胴をつけ、手綱を左手に、右手に血に染まった刀を持っていた。

「賊軍だ――」

兵たちが叫んだ。馬上の若い男は舜だった。舜は九州に来てから八郎たちに馬術を習っていた。馬で決死の斬り込みをするつもりのようだ。浩太は兵士たちをかき分けて前に出た。

(馬鹿野郎、死ぬつもりか)

一度止んでいた雨が霧雨となって、また降り始めていた。

「よせ、やめろ、舜、そこには地雷がある――」

浩太は叫んでいた。兵たちは小銃を構えている。

「撃つな――」

浩太が、叫んだ。

舜はにこりと笑うと刀を振りかざし馬を突っ込ませてきた。

地雷の凄まじい爆発音とともに土煙が上がった。馬が倒れ、舜の姿は消えていた。

「舜――」

浩太は、うめいて目を閉じた。霧雨が浩太の顔を濡らした。

十三

政府軍は四月十四日、薩軍の包囲を破って熊本城に入った。

その後、薩軍は熊本、鹿児島、大分に戦線を広げたが補給に苦しんで、しだいに追い詰められ八月十六、七日に延岡の北での決戦に敗れ一万人余りが降伏した。

西郷は桐野利秋ら親衛隊数百人とともに夜間、山越えして逃れ、追撃を退けながら九月一日には鹿児島に戻り、城山にこもった。政府軍の総攻撃により、城山が陥落、西郷が別府晋介の介錯で死んだのは九月二十四日だった。西郷小兵衛は、すでに戦死しており、村田新八は西郷の死を見届けてから弾雨の中で切腹して果てた。


西郷の死後、城山の土嚢を積み上げた大防塁に桐野利秋は一人立ち尽くしていた。硝煙が日を陰らせ、大砲の轟音が耳を圧していた。桐野は新しい単衣《ひとえ》を着て兵児帯を巻いて裾をからげ、両袖を肩までまくり上げていた。その上から黒ラシャのマントを羽織った桐野は押し寄せる政府軍兵士を次々に小銃で撃ち倒していった。

政府軍兵士の中に浩太もいた。浩太には防塁の上に時折り姿を見せる桐野が悪魔のように見えた。

(舜と美樹が死んだのは、あの男のためだ)

浩太は硝煙に霞む桐野を小銃で狙った。だが、引き金がひけない。

(どうしたんだ、あいつは平成の時代に親父を殺したかもしれないんだぞ)

浩太は額の汗をぬぐった。なぜ、引き金がひけないのかはわかっていた。

(それでは飛鳥と同じ様な人間になってしまう。もう元の世界に戻れなくなるかもしれない)

そう思った時、桐野が振り向いた。浩太を見下ろした顔が白い歯を見せて笑っている。

浩太の中で何かが切れた。かっとなった浩太は包囲軍の中から飛び出した。

坂を駆け上がる。

「飛鳥――」

浩太が怒鳴ると桐野は目を細めて浩太を見た。

「貴様か――」

「お前のために、みんな死んだ。お前だけは許せない」

浩太は大声で言うと小銃を構えた。その時、体の中から何かが沸き起こる感触があった。

――休之助さァの仇じゃ
浩太ではない声が叫んでいた。

益満市蔵の声だと浩太は思った。桐野は、にやりと笑うと浩太に向かって照準を合わせた。

浩太が引き金をひこうとした時、桐野の背後から数人の政府軍兵士が銃剣で襲いかかった。

桐野は、小銃を投げ捨てるとくるりと体を回転させた。黒ラシャのマントが広がり、その下から稲妻のように白刃が光った。銃剣で突きかかった兵士たちは、一瞬で斬られて防塁から転がり落ちていった。その時には浩太が防塁まで駆け寄っていた。

桐野は斬り倒した兵士が持っていた銃剣を片手に持つと防塁に上ろうとする浩太を撃った。銃弾は、浩太の頭をかすめた。浩太は頭をなぐられたようになって目が眩んだが小銃を構えて桐野を撃った。同時に桐野は銃剣を浩太に向かって投げつけていた。

銃弾は桐野の額の真中を貫いた。

桐野の体は、ゆっくりとあおむけに防塁の中に倒れていった。

浩太の肩には桐野が投げつけた銃剣が突き刺さっていた。

（桐野が死んだ、これで現代に戻れる）

浩太は、薄れていく意識の中で、ひょっとしたら舜と美樹は現代に生き返るかもしれない、と思った。しかし、浩太が神戸への輸送船の中で意識を取り戻した時、何も変わっていなかった。同じように輸送される負傷兵たちを見まわしながら、

（もう現代には戻れないのだ）

と思って目を閉じた。

浩太は神戸から、さらに別の汽船で東京に送られた。浩太は西郷従道の屋敷には戻らず、勝屋敷に転がりこんだ。

勝屋敷で傷の養生をしていた浩太は、ある日、警視庁に辞表を送った。

もう政府に仕えるのはやめようと思った。病床を見舞った勝に話すと、しばらく考えてみること

「それが、いいやな。おいらも政府の職は全部、辞めちまった。しばらく考えてみるこった。この間、サトウもそんなことを言っていたよ」

勝は、やさしく言った。イギリス公使館書記官のアーネスト・サトウは東京に戻ると、三月三十一日に勝屋敷を訪ねた、ということだった。サトウは勝とは以前から親交があり、浩太たちが勝に世話になっている浩太たちが勝に世話になっていることを話したので訪ねる気になったらしい。サトウが訪ねて来た時、九州では田原坂が陥落したものの熊本城の包囲は続いている時期だった。勝は、サトウが来た日は不機嫌で、

「政府が薩軍に勝っているなんて話は嘘っぱちさ、そのうち熊本城も落ちて薩軍が東京に上ってくれば政府も降参だろう」

とひややかにいった。

「勝サンハ、西郷サンニ勝ッテ欲シイノデスカ」

サトウは、目を丸くした。

「別にそういうわけじゃねえが、西郷が負けると何か大事なものが日本から無くなる気がするよ」

　勝は煙管で煙草を吸った。

　サトウは、うなずくと鹿児島で会った浩太たちのことを話した。

「失敗シマシタガ、西郷サンヲ助ケタイト一生懸命デシタ。アレカラ熊本ニ友達ヲ連レ戻シニ行ッタヨウデス。アノ若者タチノ願イガカナウトイイノデスガ」

「若い時は、そんなものさ、どんなに無理なことでも自分にはできそうな気がして突っ走ってぼろぼろになるのさ」

「勝サン、若者タチガ心配デスネ」

「なーに、あいつらの方が心配しているのさ。この日本の国ってやつをね」

　勝は、サトウと話したことを浩太にも言った。

「そう言えば宮崎八郎も戦死したらしいな」

「えっ、八郎さんがですか」

　浩太は、八郎の明るい顔を思い出した。八郎は四月六日に辺見十郎太らの薩軍とともに八代方面で戦った。辺見に代わって六尺の竹ざおに赤い布をつけた指揮旗を持っていたという。

　八郎は、この赤い旗をかざし、父譲りの刀「胴田貫」を手に球磨川河畔を進むうち政府軍の小銃弾を腹部に受けて倒れた。

「死んだ時、八郎は下帯に自分で筆写したルソーの民約論を入れていたそうだよ」

「そうですか、八郎さんは、やっぱりルソーの徒として死んだんですね」

「まったく勝手な奴だったよ。だが、あんな奴の後には続く男が出てきて世間を騒がせるよ」

勝は苦笑した。後に八郎の弟、民蔵、弥蔵、寅蔵（滔天）は、中国革命に関わり中国の革命家孫文に、

「革命に怠らざる者は宮崎兄弟なり——」

と称えられることになる。冬実も八郎の死を知ったはずだが浩太には何も言わなかった。舜と美樹のことも二人の間では禁句だった。浩太の傷の手当てをしながら冬実は不思議な話をした。まだ西南戦争が終わっていない五月二十一日に、木挽町のクララの家の二階からクララ、逸子とともに海軍省の気球の実験を見たという。

「気球？」

浩太は驚いた。

「海軍省で戦争用に開発したんですって。その実験をやった広場がクララの家のバルコニーから、とてもよく見えるの」

このためクララの家には勝夫人のたみと梅太郎、友人たちなど十数人が訪れたという。実験は午後四時からだったが広場には見物人が午前九時から詰め掛ける騒ぎになった。気球は奉書紬にゴムを塗った絹製でガスを入れて浮かべた。長さが十六メートル、幅

が九メートル、周囲が二十八メートルもある巨大な気球だった。

最初は吊り籠に砂袋を入れて宙に上げたが、次には兵学校の生徒が吊り籠に乗った。生徒が乗り込んだ気球が浮かぶと見物の群集からは一斉に拍手が起きた。

さらに生徒が空中で赤旗を上げると気球は、およそ七百メートル上空にまで揚がり、ゆっくりとたぐりよせられて地上に降りた。これを数回、繰り返すたびに群集からは拍手喝采が起きた。その後で綱を解き気球だけを浮かべると高さ二百メートルぐらいまで浮かび一里半ほど流された。

「気球が、ふわふわ青空を飛んでいったの、とてもきれいだったよ」

冬実は、うっとりとした顔になった。

「兆民さんが話してくれたんだけど、パリ・コミューンの時、ガンベッタというコミューン側の政治家はプロシア軍に包囲されたパリを救うためにパリを脱出して援軍を呼びに行ったんだって。そのガンベッタがパリから脱け出す時に使ったのが気球で、プロシア軍の頭の上、空高くガンベッタを乗せた気球は飛び去っていったそうよ」

冬実は、気球に乗って西南戦争が起きている九州に行く夢を見たという。

真っ赤な気球は青空を風に流されて九州へ飛んだ。

気球の吊り籠には、冬実とクララが乗っている。風に吹かれて飛んでいく行く先は、熊本城だった。熊本城に行くまでに下を見ると、政府軍と西郷軍が血みどろの戦争をしている。地上は硝煙におおわれ、阿鼻叫喚が空まで響いた。

「戦争なんか止めろ――」

冬実とクララが気球から怒鳴った。兵士たちは、びっくりして上を見た。ぽかんとした顔をしていた。

「それから、わたしたち好きな人を気球に乗せて助けるの。浩ちゃんや美樹さん、舜さん、八郎さん――」

冬実は、夢の話をしながら涙ぐんでうつむいた。浩太は目をつぶった。すると赤い気球が青空を飛ぶ光景が浮かんできた。

（そうだ、ガンベッタがパリから気球で逃げたのなら西郷さんも気球に乗せて逃がせばよかった）

浩太は西郷の巨体とともに乗り込んだ気球で、追いかけてくる桐野や辺見を尻目に青空高く逃げていくことを想像して微笑した。


年が明けて明治十一年（一八七八）になった。

傷が癒えた浩太は、このころ勝屋敷を出て人力車の車夫をしつつクララの家に通って英語を勉強していた。川路からは何度か警視庁に戻るように言ってきたが、あっさりと断っていた。英語を学んだうえでアメリカに留学しようと思っていた。

もう現代に戻れないのなら、この時代で精一杯生きるしかないと思っていた。

浩太は、この年、三月二十五日、一人の男が北陸、金沢から東京へ出発したことを知

らない。その男は年齢は三十一、石川県士族だった。名を、

——島田一郎

頰からあごにかけて髭を生やしている。島田の上京の目的は、

——大久保利通暗殺

だった。島田の髭におおわれた顔を浩太が見たら愕然として、

「飛鳥、生きていたのか」

と、うめくだろう。鋭い目、獣のような精気を湛えた顔は桐野利秋、飛鳥磯雄の顔だった。石川県士族は、廃藩置県後、県令を中央から送り込まれた薩摩閥によって占められ、不満を募らせていた。島田はかつて上京して桐野利秋の仲介で西郷に会ったこともある。

佐賀の乱、西南戦争に呼応しようとしたが、同志が集まらないまま西郷は敗死した。落胆した島田は二、三日食事を断ったが、その間にしだいに頰がこけ眼光が別人のように鋭くなっていった。ある夜、自宅で刀を抜いて刀身に見入っていた島田は雨の音を聞くと刀を鞘におさめて雨戸を開けた。そして縁側に灯りを置き、片膝ついて身構えると軒から雨滴が落ちた瞬間、刀を鞘走らせていた。

雨が地面に落ちるまでに島田は雨滴を三度切っていた。

傍にいた家人は、今まで見たこともない島田の凄まじい剣技を目にして腰を抜かしたようになった。

島田に不穏な動きがあることを地元の警察は探知して内務省に通報していた。このことは大久保にも報告され、警視庁の川路大警視にも情報として伝えられたが、なぜか二人とも、この情報を重視しなかった。あるいは薩摩士族を相手に神経を使いつくした二人は北陸の不平士族の動きに対して鈍感になっていたのかもしれない。

五月十日、大久保屋敷の門内に暗殺の予告状が落ちていた。

大久保は、そのことを知らされても鼻先で笑っただけだった。

しかし、この日、大久保屋敷の門前で不審な男を意外な人物が目撃した。

——クララだった。人力車に乗って早朝、大久保屋敷の前を通りかかったクララは邸内に何かを投げ込んで走り去る十七、八の若い男を見た。半纏に股引の職人のような身なりだった。

「ナンデショウ、怪シイ奴デスネ」

クララは人力車の上でつぶやいた。しかし、すぐに、そのことを忘れると人力車を勝屋敷に向かわせた。勝家の逸子が近ごろ病気がちだったため、クララは何かにつけて見舞っていた。それに西南戦争で芳賀慎伍、宮崎八郎、得能ぎんが死んだことで、すっかり元気を無くしている、おはるも慰めたかった。

「悲シイコトデス、デモ皆ワタシタチノ思イ出ニ生キテイマス」

「三人ハ神ノ祝福ヲ受ケタノデス、生キテイル者ガ悲シミスギルト、彼ラハ喜ビマセン」

おはるを慰める言葉を人力車の上で練習している間にクララは悲しくなって泣きそうになった。やがて勝屋敷に着いたクララは、この日、浩太も来ていることを知って、にこりとした。

「市蔵ヲ慰メルノモワタシノ務メデス」

クララはつぶやくと髪をちょっと直して奥に入っていった。奥のテーブルと椅子を置いた座敷には逸子と冬実、浩太の三人がいた。浩太は近ごろ人力車を引いていて車夫の格好のことが多いのだが、きょうは書生らしく袴をつけていた。

「オー、ドウシマシタ市蔵、ドコカへ出カケマスカ」

「いや、警視庁の川路大警視にきょうも呼び出されたんだ」

今まで冬実たちにその話をしていたらしい浩太は苦笑して言った。

「ナンデス、マタ何カ悪イ事シマシタカ」

「まさか、俺に大久保内務卿の護衛をしないかという話だよ。俺が薩摩の壮士の顔をよく知っているからってさ」

浩太は笑いながら言った。

「だけど、お断りになったんでしょう」

逸子がクララに茶を出しながら言った。

「はい、もう政府の仕事はしないつもりです」

浩太がうなずいた時、がちゃんと音がした。冬実が茶碗をテーブルに落としていた。

冬実の顔は青ざめていた。

「浩ちゃん、どうして、わたしたち、この事を考えなかったんだろう」

冬実は思わずクララたちの前で浩太の名を呼んでいた。

「何を考えなかったって？」

「大久保利通の暗殺よ、大久保は西南戦争の後で暗殺されるのよ」

冬実に言われて浩太もどきっとした。歴史で大久保利通が暗殺されることは知っていた。しかし舜と美樹の死が重く心にのしかかっていた浩太は、大久保の暗殺はいつか遠い未来のような気がしていた。

「冬実、大久保暗殺っていつだろう？」

「知らない、でも、西南戦争が終わって丸一年もたっていないような気がする」

「そうだよな、九月じゃない、それより前だとすると八月、七月、ひょっとすると今月か？」

浩太は、うめいた。二人だけに通じるやり取りを聞いていたクララは、はっとして、

「ワタシ、ココニ来ル前ニ大久保サンノ屋敷ノ前デ変ナ男見マシタ」

驚いてクララの顔を見た浩太の胸に不安が広がってきた。

（俺が、この世界でやらなきゃいけないことは、まだ残っているのかもしれない）

翌日、浩太は芝二本榎の大久保の別宅を訪ねた。謙司に会うとしたらここでしかない、と思ったからだ。しかし、この日、大久保は別宅に来てはいなかった。

おゆうは浩太に会い、

「なんぞ、危ういことどすか」

と眉をひそめて訊いた。

「大久保さんの暗殺を狙っている者がいそうです」

「それは、誰なんどす」

「わかりません、ただ、俺たちが知っている歴史の通りだとすると大久保暗殺は起きるはずです」

おゆうの顔に悲痛な色が浮かんだ。

「大丈夫です、俺はできることはします」

浩太はおゆうを励ました。

「そうしておくれやす、あんさんたちが、この時代に来たのは、そのためなのかもしれまへん」

「大久保を守るために、俺たちが、この世界に呼ばれたというんですか？」

浩太は、はっとした。

「それが益満市蔵はんの願いやったのと違いますやろか」

「まさか――」

益満市蔵は大久保を憎んではいなかったのだろうか。浩太の胸に、

（俺は益満市蔵が、この世界でやっていたのと同じことをしているのかもしれない）

という考えが浮かんだ。歴史をそのまま動かすために、この世界に招かれたのだろうか。だとすると自分たちは、この世界の一部でしかなかったことになる。

「浩太はん、大久保の御前を、わてのところに返しておくれやす」

おゆうは、祈るような表情で浩太を見た。

「わかりました。大久保さんを助けることができれば、俺は――」

この世界の歴史を変えることができると言おうとしたが、口をつぐんで、頭を下げた。

もしかすると舜も同じような気持で戦ったのかもしれない、と思った。

浩太は、大久保の別宅を出ると警視庁に川路大警視を訪ねた。そして、きのう大久保屋敷で不審なことが無かったか、問い合わせてもらった。

二時間ほど待つと川路に、きのう大久保屋敷に投げ込まれた暗殺の予告状が届けられた。

――我々、近日、君の首を頂戴せん、しかれども暗夜街上にその不意を襲撃して行跡を隠匿する如き卑屈漢にあらず、故にまず、これを予告す

予告状を読んだ川路は、

「あらかじめ、暗殺を予告するほど大胆な者は薩摩者に違いなか、東京におる不穏な薩摩者は残らずひっくくろう」

と腹立たしそうに言った。

「大久保内務卿を狙うのは薩摩者だけではないでしょう」

浩太は、ちらりと川路を見た。

「そう言えば石川県からも何か言うてきちょったが、なに軟弱な加賀者に何ができるか」

川路は笑った。しかし浩太は川路に頼んで石川県から報告があった男についての書類を見せてもらった。その男は金沢から東京に出てきて四谷尾張町二番地の林佐平次方を宿にしている。男の名は、

――島田一郎

浩太は男の名を頭に刻みつけた。

（大久保利通の暗殺者は鹿児島の人間じゃなかったはずだ、この男が怪しい）

浩太は川路に、明日から探索をしてみます、と言った。

「おお、それは助かる。費用はいくらかかってもかまわんぞ」

川路は、ほっとしたように言った。浩太は翌十二日、クララを人力車に乗せて四谷尾張町に行った。

「コノ間ノ男ヲ見ツケタライイノデスネ」

クララは人力車の上から言った。林佐平次の家を探し出した浩太は近くで人力車を止めて待つことにした。数時間待っている間に林の家には何人かの男が出入りした。どの男も士族のようだった。しかしクララは頭を振った。

「そうか、きょうは駄目だな」

浩太は人力車のかじ棒をにぎって立ち上がった。その時、クララが足をばたばたさせた。見ると半纏を着た職人のような若い男が林の家に入っていった。

「今のが、この前の男か」

浩太は目を鋭くして林の家を見つめた。その日から、浩太は車夫の身なりで林の家を見張った。

五月十四日早朝――

浩太は薄暗いうちから林の家の前に来ていた。すると玄関から数人の男たちが笠をかぶり仕込み杖を持って出て来た。

(奴ら、どこへ行くつもりだ)

浩太は人力車を置いて護身用に持ってきた木刀だけを手に後をつけた。

この日、大久保屋敷には早朝から来客があった。来客が帰った後、大久保が出仕するため馬車に乗ったのは午前八時だった。馬車には馭者のほか先駆けの馬丁一人がつくだけで護衛はいなかった。大久保は、書類を包んだ風呂敷包みを持って馬車に乗った。

馬車は門を出た。

馬車の中で大久保は、風呂敷包みを開いて中の手紙を取り出した。西郷からの手紙だった。大久保がヨーロッパに出張中に写真を撮って送ったことへの返事で西郷は写真の大久保の男ぶりをからかっていた。大久保は、手紙を読みながら微笑した。その時、馬車は赤坂門の前を過ぎて紀尾井坂へとさしかかった。島田一郎ら四人は紀尾井坂沿いの板囲いの中にひそんでいた。

路上には半纏を着た若い男ともう一人書生が何気なく立っていた。

――あいつだ
浩太の頭で声が響いた。書生の方が手になでしこの花を一輪持っていた。大久保の馬車の馬丁が走って通りすぎると書生は花を板囲いの中に放り投げた。

同時に半纏の若者がピストルを懐から抜いて構えた。

「しまった――」

近くの塀の下に身をひそめていた浩太は木刀を握って走り出した。

銃声が響いた。ピストルは馬車の馬を狙って撃たれた。馬は、がくりと前足を折った。

浩太は男たちが襲撃しても危険を知らせれば大久保は馬車で逃げられると思っていた。いきなり馬の脚を止められるとは思っていなかった。

浩太が駆けつける前に板囲いの中から四人の男が走り出した。何かわめきながら馬車から飛び下りた馭者が、駆け寄った髭面の男に袈裟がけに斬られて倒れた。

浩太は走りすぎながら書生と半纏の若い男を続けざまに木刀で打ちすえた。

その間、四人の男は馬車の両脇からドアを開けようとしていた。

馬車の中で大久保は悠然と西郷の手紙を風呂敷で包んだ。そしてドアを勢いよく中から開けた。外に出た大久保は、

――無礼者
と大喝した。その声に男たちが一瞬、ひるんだ。すると髭を生やした黒紋付に羽織袴の男が仕込み杖を手にゆっくりと前に出た。男の顔を見て大久保、いや謙司は、

「飛鳥、まだ生きていたのか」

と、うめいた。島田一郎、いや飛鳥は、にやりと笑った。

「これで最後の決着をつけられるな」

謙司は青ざめたが、懐からピストルを取り出した。

「執念深い男だから、ひょっとしたらと思っていたよ」

謙司は、ゆっくりとピストルの撃鉄を起こした。駆けつけてきた浩太は息を飲んだ。

謙司は、ちらりと浩太を見て、

「浩太、これで、元の世界に帰れるぞ」

と言ってピストルを撃った。謙司は飛鳥を撃つことで、元の世界への入口が開かれるに違いない、と思った。

(この世界でのわたしの仕事は終わったのだ)

銃声とともに飛鳥は地面に転がった。浩太は、ほかの男たちに打ちかかった。一人の喉を突き、もう一人の肩を打ち据え、さらに三人目の男の胴をはらった。その時、浩太は異様な気配を感じて振り向いた。飛鳥は立ち上がっていた。左胸に黒い染みがあった。銃弾は胸を貫いていた。だが、飛鳥は、ゆっくりと前に出た。

「貴様――」

謙司は、再びピストルを構えた。飛鳥は跳躍した。羽織が蝙蝠の羽のように広がった。銃声が響いた時、飛鳥の体は宙で回転し、白い光が謙司を襲った。

謙司の腹に飛鳥が投げた仕込み杖が突き立っていた。

浩太は、謙司に駆け寄った。

――父上

市蔵の悲鳴が頭に響いた。謙司は、がくりと膝をついた。腹から血があふれていた。

浩太は倒れた謙司を抱えた。謙司の顔には死相が浮かんでいた。

「親父、しっかりしろ」

浩太は叫んだ。謙司は、かすかに口を開けた。謙司の口から、謙司とは違う男の声が聞こえてきた。浩太が初めて聞く、低い声だった。

――西郷さァ、西郷さァと子供のころに約束しもうしたなあ、国のために命を捨てると。おいは約束を守りもしたぞ

大久保利通の声だった。

（そうか、俺たちは大久保の強烈な意思の力で、この世界に呼び寄せられていたのか）

浩太は胸の中でつぶやいた。その時、浩太の背後に飛鳥が立っていた。飛鳥は倒れている他の男の仕込み杖を拾って肩にかつぐように構えた。

――白刃が一閃した。

その瞬間、浩太は体を回転させて飛鳥の左肩を木刀で撃った。同時に飛鳥の刀も浩太の左肩に斬りつけていた。熱い鉄を押しつけられたような痛みが浩太を襲った。

飛鳥がゆっくりと倒れていくのが見えた。飛鳥の目がちらりと浩太を見た。

飛鳥は、かすかに笑っているようだった。浩太は片膝をついた。声にならない叫びが体からあふれた。何か叫びたかったが何といっていいのかわからなかった。

意識が薄れていく。どこかの街並みが脳裏に浮かんだ。二階建ての煉瓦造りの建物が並んでいる大きな通り、煉瓦街だ。

――銀座だ
浩太は胸の中でつぶやいた。人力車に乗った女が見えた。

おゆう、だ。

――すみません、俺は大久保をあなたのもとに返すことができなかった
浩太は詫びた。やがて闇が浩太を包んだ。どこかで、こうた、こうた、浩太と呼ぶ声を聞いた。その声は舜の声のようだった。

加納浩太から加納謙司への手紙

親父、元気だろうか。

病院へは見舞いに来るなということだったから手紙を書くことにした。俺たちが病院で意識が戻ったのは落雷事故から三日たっていたらしい。その時は、親父も手術が終わって特別病棟に移っていた。親父の手術が成功してよかったよ。正直、心配したんだ。

飛鳥は警察の狙撃隊にライフルで額を撃たれて即死した。飛鳥は、どういう人間だったんだろう、と今も考えるよ。それで、あの世界のことだけど、俺も舜も益満市蔵と芳賀慎伍が好きだ。懸命に命がけで生きていたあの二人に憧れのようなものを感じる。

俺たちは、こっちの世界で、あんな風に生きられるんだろうか。大げさな言い方だけど人生って与えられた物の中で時間つぶしをすることじゃなくて自分で大きな物を作り上げていくことだと思う。

親父に報告しとかなきゃいけないことがある。昨日、家に暴力団が押しかけてきたんだ。美樹を探している借金の取り立て屋だった。仲間を三人連れて美樹を出せと脅しに来た。ちょうど舜も家にいたから二人で応対してやった。あいつらが暴力で美樹を連れ戻そうとしていたのはわかっていた。

あいつらは脅しのつもりで俺たちをなぐろうとした。だから舜と二人で竹刀で連中を叩きのめしてやった。あいつら普通の高校生が竹刀でなぐりかかったから、あっけにとられていた。日ごろ、暴力を振るっている奴らは自分たちがやられるとびっくりするんだな。美樹も冬実もやくざたちを恐がったりしなかった。

冬実なんか竹刀を持った俺たちに「やっちまえ」って大声で怒鳴ったんだぜ。

俺が、後で冬実に、どうしてあんなことを言ったんだと聞いたら、

「だって、あんな奴らを恐がったら八郎さんに恥ずかしいよ」

と笑っていた。俺もそう思うよ。俺たちが、あの世界で学んだことは大切なものを守るために戦うことだった。俺たちは、あの世界で宮崎八郎と約束したと思っている。

正しいと思うことのために戦う。それが俺たちの約束だ。

それから道場で発見したことを書いておくよ。道場には昔の記念写真が額に入れてかけてあるだろう。その中に明治時代のセピア色の写真があるじゃないか。親父のひい祖父さん、うちの道場を開いた初代の写真だよな。道場の前で竹刀を持って正面を向いて写っている写真だ。稽古着姿で三十ぐらいの人だ。傍らには、きれいな女の人が写っている。

その写真の裏にこんな事が書いてあった。

――明治三十二年九月、米国留学より帰国、警視庁に奉職し、自宅で道場を開く。同時に道場の地主、加納氏に妻、はる（旧姓小曾根）とともに夫婦養子となる。益満市蔵から加納市蔵となり新たに出発す
俺は、ご先祖様の体に入っていたらしい。俺たちが、あの世界に行くことになったのは、理由があったんだ。

ＰＳ
俺たちは勝海舟のところでクララ・ホイットニーというアメリカ人の女の子に会ったんだ。気が強くて面白い女の子だったけど、こちらの世界に戻ってから図書館

で調べるとクララはその後、勝海舟の三男で年下の梅太郎と恋愛結婚して六人の子供を産んだということがわかった。マジびっくりしたぜ。

了

解説

内藤麻里子

現代の高校生が雷に撃たれたとたん意識は明治六年に飛び、当時の人の体に入っていた――。『蜩《ひぐらし》ノ記』（二〇一一年刊、翌年直木賞受賞）などで知られる歴史・時代小説作家、葉室麟の、まさかの青春ファンタジーである。もちろん葉室作品だけに、基本は征韓論から西南戦争に至る経緯を軸とした歴史小説の骨格を持つ。

実は本書『約束』は、一七年十二月に亡くなった葉室さんの未発表原稿である。ご家族によると、原稿が発見された経緯は以下の通りだ。

福岡県久留米市在住だった葉室家は一二年、同市内で引っ越しをした。その際「取っておきたい書類など」を段ボールに詰め、葉室さんの実家に預けたそうだ。ずっとそのままにしていたが、作家没後の二〇年五月、段ボールの中から「なんとなく今後も必要そうなもの」を選び出し、スーツケースに入れて現在の家に運んだ。同年秋、中身を検分したところ、きれいにプリントアウトされ、右側に穴をあけて綴じられた『約束』の原稿が見つかった。

『約束』には「葉室麟」と署名されていた。葉室麟名義では〇五年に歴史文学賞を受賞したデビュー作『乾山晩愁』があり、この頃に執筆したのではないかと推測される。ただし、〇五年は他の作品を書いていたため、〇六〜〇七年頃の執筆の可能性があるという。ご家族は「これも想像だが、原稿のたたずまいから松本清張賞に応募するつもりだったのではないかという気がしている」と指摘する。何らかの事情で応募をやめたと考えられるとのこと。葉室さんは〇七年に『銀漢の賦』で清張賞を受賞し、作家として大きく歩みだすことになる。

「デビュー前、もしくはデビュー前後に書いた作品は他にもあったが、本人が出来に満足せず廃棄した作品もある中で、完結した作品として残したのは、気に入ってはいたからなのかもしれない」とご家族は話している。

この原稿が見つかった頃、ちょうど墓参に訪れた文藝春秋の文庫部長に原稿を預け、今回の文庫化が実現するに至った。

では、作品を見ていこう。

都立高校三年生の加納浩太は、親友の志野舜、従妹の神代冬実、舜の彼女の柳井美樹と居合わせたところ雷に撃たれ、時空を飛び越えてしまった。浩太は邏卒の益満市蔵に、舜は司法卿である江藤新平の書生・芳賀慎伍に、冬実は勝海舟宅に身を寄せる小曾根はるに、美樹は西郷従道陸軍大輔宅で行儀見習いをする得能ぎんになっていた。

四人は「皆で力を合わせて、あっちの時代に戻る約束」をするものの、浩太は西郷隆盛の警護に当たることになり、舜が師事する江藤は西郷と共に征韓論を支持すると言われていた。浩太と舜はいやおうなく歴史のうねりに巻き込まれ、時代の熱を目の当たりにして自ら飛び込んでもいく。ここに警視庁捜査一課長である浩太の父と、その父を逆恨みする元部下も、それぞれ大久保利通と、人斬り半次郎こと陸軍少将桐野利秋に姿を変えて暗躍し、浩太ら四人は明けて間もない明治という時代を疾走する。

若者の成長物語である一方、当時の歴史を描く作家の筆は鋭い。実は、征韓論論争から西南戦争に至る歴史認識と書きぶりに重要な意味が潜んでいる。

葉室さんには晩年に刊行された、幕末・明治を舞台にした二点の作品がある。若き日の西郷隆盛を描いた『大獄　西郷青嵐賦』（一七年十一月刊）と、幕末四賢侯の一人、松平春嶽を通して明治維新を語る『天翔ける』（同年十二月刊）だ。

常々、葉室さんは「明治維新の総括をする必要がある」と口にしていた。そうすることで「欧米化の波や、太平洋戦争の敗戦で否定された日本の歴史を取り戻すこと。現代の日本が失っているものは何か、を書くこと」を目指していた。旺盛に執筆していた一三年、インタビューしたときにそう話し、その頃執筆している作品は「そのための準備だ」と説明していた。日本及び日本人の将来を見据え、前述の二作で総括に乗り出したところだったのだ。

ことに西郷隆盛に挑んだ『大獄』は、九州出身の作家にとって満を持して取り組んだ作品だった。西郷が藩主、島津斉彬に見いだされたものの、安政の大獄から逃れるために奄美大島に流された後、復帰するまでを描いた。西郷の物語は緒についたばかりだった。これから長州藩が登場し、指針を示した斉彬亡きあと、幕末の混乱が始まるはずだった。さらに征韓論を経て、西南戦争で没するまでの西郷を通して、明治維新をつかみ直そうとしていたのだと思う。

この先は読めないのだと嘆く日々に、『約束』発見の報が飛び込んできた。そこにあったのは、なんと欠落部分を埋める題材ではないか。それに喜ぶと同時に、こんな初期から既に「明治維新を総括する」志向性が垣間見えることに驚く。

けれど作家として地歩を固め、人気を得ないと、思い通りの作品は書かせてもらえない。それどころか書き続けるのも危うい。まずはスタートすることが重要なのだ。そこで、『約束』ではタイムスリップする若者を登場させるという変化球で、リーダビリティーの向上をもくろんだのかもしれない。清張賞を射止めた『銀漢の賦』で本格的な作家生活を始める前の習作と思われるから、歴史の流れは整理不足の感があったり、若者たちの思いが伝わりにくかったりする。しかし、歴史認識に大きな差はないのではないか。

ここでは西郷隆盛をあまり表立って登場させず、周囲の言動によって西郷の姿を浮かび上がらせる。例えば江藤新平は言う。

「朝鮮に国交を求めて開国をうながし、ともに西洋諸国に対抗しようというのが政府の方針である。わしも西郷君も朝鮮に兵を送るなどという愚昧な議論を抑え、国交のための使節を派遣しようとしているのだ」

しかし、世間には征韓論者と流布されている。岩倉使節団として日本を離れているうちに力を増した西郷の留守政府に対する長州閥の焦り、江藤と長州閥との政争、清国の思惑、論争そのものには勝った西郷をつぶした政争とも言えないやり口などが矢継ぎ早に描かれていく。また暴利をむさぼり、豪奢な生活をする政治家たちに苦々しい視線を送り、腹芸ができる西郷隆盛という人物像に触れ、終始一貫しないこの国の外交の奇妙さを指弾する。歴史とは勝者の主張が正史となる。しかし本当は何が起きていたのか、真実に迫ろうとする意思がここにある。

西郷の死後、勝海舟にこう言わせている。

「西郷が負けると何か大事なものが日本から無くなる気がするよ」

その意味するところを本書では、はっきりとは言及していないのだが、『大獄』『天翔ける』を手にすると見えてくるものがある。ちなみに簡単に紹介すると、西郷が目指していたものは、「道義」による国造りなのである。それが潰えたと勝は指摘しているのではないか。詳しくは両書に譲りたいが、『大獄』にこんな一節がある。

「強国を目指すのではなく、仁義の大道を世界に広める国になるべきだ」

『大獄』を知った目で改めて『約束』を手にすると、意味するものが一味深まる。本書で西郷はこう言って死んでいく。

「国のために非道をすれば、非道の国になりもす。そいじゃ、いかん、非道は人が背負わなけりゃならん」

後に思考を深め、厚みを増した葉室さんの作家活動の胎動を『約束』に見ることができる。ミステリアスな要素を駆使して、若者の成長を描いた挑戦と試行錯誤も新鮮だ。葉室麟という作家の全体像をとらえる場合、非常に重要な作品が発見されたと言うべきであろう。

いずれにしろ、もし西郷伝が書き継がれていたら『約束』の要素は吸収され、本書は日の目を見なかったかもしれない。本書を読む喜びと、悲しみはそこに同時にある。

最後に、デビュー後の葉室さんの足跡を改めて記しておきたい。

先に紹介した通り、デビューは〇五年、歴史文学賞を受賞した『乾山晩愁』だが、本格的な作家活動は〇七年、『銀漢の賦』で松本清張賞を受賞してからになる。一二年には五回目の候補となった『蜩ノ記』で直木賞を受賞。この頃から月刊に近いペースで作品を発表し始める。地歩と人気を確立し、思い通りに小説が書ける環境が整っていった。一方で、デビューしたとき葉室さんは五十歳を超えており、「時間がない」が口癖となった。一六年には『鬼神の如く　黒田叛臣伝』で司馬遼太郎賞に輝いた。そして翌年末、病に倒れ帰らぬ人となった。

わずか十年ほどの時間を、文字通り駆け抜けていった。没後、未完も含め八作が刊行された。書きたい素材がどれほどあったことだろう。期せずして、そんな葉室さんの始まりの一作に触れることができた今回の未発表原稿の発見は、我々にとって幸せ以外の何ものでもない。

（文芸ジャーナリスト）

文春文庫

約《やく》 束《そく》

定価はカバーに
表示してあります

2021年12月10日　第1刷

著　者　葉《は》 室《むろ》 麟《りん》

発行者　花田朋子

発行所　株式会社 文藝春秋

東京都千代田区紀尾井町 3-23　〒102-8008
TEL 03・3265・1211㈹
文藝春秋ホームページ　http://www.bunshun.co.jp

落丁、乱丁本は、お手数ですが小社製作部宛お送り下さい。送料小社負担でお取替致します。

印刷・凸版印刷　製本・加藤製本

Printed in Japan
ISBN978-4-16-791793-7